大英图书馆
·侦探小说黄金时代经典作品集·

萨塞克斯谜案

THE SUSSEX DOWNS MURDER

[英] 约翰·布德 著
陶叶茂 译

中国青年出版社

序　言

《萨塞克斯谜案》是一部构思精巧、引人入胜的侦探小说，本书作者便是在侦探小说创作领域活跃了20多年的小说家——约翰·布德。同布德的前两本侦探小说《康沃尔海岸疑案》《湖区疑案》一样，本书自1936年首次出版以来，一直难觅踪迹，一书难求。大英图书馆将布德的系列作品纳入"侦探小说黄金时代经典作品集"重新出版后，其作品在21世纪得到了众多读者的追捧。应该说，布德在今天拥有的"粉丝"数量比两次世界大战之间的"侦探小说黄金时代"还要多。在《萨塞克斯谜案》中，这位年轻的作家不动声色地将趣味性融入谜案，相信今天的新读者们一定会喜欢。

我认为，借故事范围的拓展和素材质量的优化，本作水准较之布德先前的作品有了显著提升。

首先是故事背景。布德在创作生涯中的一大特色就是精细的环境描写。本作中，他对罗瑟家族的乔克兰农舍及其周边地区的描绘逼真传神，让人信服。此外，沿袭"侦探小说黄金时代"的传统，书中提供了一张地图帮助读者追踪约翰·罗瑟失踪后的故事脉络。虽然罗瑟的失踪具有迷惑性，但是从一开始便让人隐约联想到阿加莎·克里斯蒂的《失踪之谜》。

其次是故事情节。作为新人，布德的信心不断增强，他设置的故事情节环环相扣、一波三折，虽然人物相对较少，但仍巧妙地实现了怀疑对象在不同角色之间的转变。在故事前期，布德巧妙地布置了重要线索，甚至本书的书名也具有提示作用。与"侦探小说黄金时代"的许多小说家一样，布德借鉴了现实生活中的情节。威廉·罗瑟被引诱到利特尔汉普顿总医院的电报，让读者想起比本书早5年出版的《华莱士谜案》的核心诡计。多萝西·L.塞耶斯、玛格丽·阿林厄姆、雷蒙德·钱德勒和P.D.詹姆斯等侦探小说家都被《华莱士谜案》深深吸引，很多经典作品也都借用了其中的情节。在梅瑞狄斯警司面临的一系列复杂问题中，神秘电报仅是冰山一角，这就更体现出布德精湛的写作技巧。在黄金时代严谨的侦探小说家中，弗里曼·威尔斯·克罗夫茨最为著名，他精心打造的谜团考验了无数读者的智慧。而这部小说同布德之前的作品一样，展现出了布德对克罗夫茨的致敬。

再次是警探。梅瑞狄斯在《湖区疑案》中首次登场，展现出了独特的个人魅力。因此在本作中，布德将他从坎伯兰调到了萨塞克斯，而且在此后的大多数作品中都将他作为重要角色进行刻画。梅瑞狄斯以克罗夫茨的法兰奇督察为原型，两人都尽心工作、钟情美食，但梅瑞狄斯更为幽默，两人都有一个为侦探工作做出了杰出贡献的调皮儿子。梅瑞狄斯不是一个无视规则、特立独行的人，从现代意义上讲，他很自律、不酗酒，也没有痛苦的情感生活。作者将他塑造为一位值得信赖的警察，尽管他早期的一些推测并不准确，但始终执着地对案件侦查全力以赴。

最后是写作方式。约翰·布德的作品并没有过多矫饰。在文笔上方面，他没有塞耶斯或阿林厄姆那般雄心壮志，但他的人物创设简洁明快、幽默风趣——一位声称"拥有灵异之眼"的证人说明了这两种特质。同时，最后一章简明扼要，也体现出高超的写作手法。人们认为"侦探小说黄金时代"的许多故事都"平凡无味"，缺乏深度思考。而本作结尾处梅瑞狄斯的反思体现了布德的人性光辉，让本书从"平凡无味"中脱颖而出、与众不同。

或许《萨塞克斯谜案》没能为布德带来大笔财富，但这部作品确立了他早期作品的远大前程。布德本名欧内斯特·埃尔莫尔，扎实的调查是其作品的标志。他设置的很多小说环境都是根据个人经验而来的：在学校里扮演游戏大师的时光，为《失踪的头颅》这部标题妙趣横生的小说提供了背景；度假旅行则启发了《里维埃拉谜案》和《来自勒图凯的电报》两部作品的创作。而且，与大多数现代侦探小说家不同，他像克罗夫茨一样，都在小说中有效地利用了工业背景，例如《困局酝酿》《纸上谜案》《谜案揭秘》等。

布德是性格安静但善于交际的居家男人，有一儿一女。在第二次世界大战期间，他曾管理地方志愿军，但人们认为他不适合在部队中服役。他喜欢打高尔夫和绘画，却没学过开车，不过据他女儿珍妮弗回忆——这并不妨碍他在妻子开车时提醒妻子换挡。1953年，他成为侦探小说家协会的创始成员之一，也是该协会早期宣传活动之一——侦探小说展的合作组织者。从侦探小说家协会委员会成立到1957年5月，他在组织中一直受人欢迎，笔耕不辍。翌年11月，他向出版商交付了最后一部小说的手稿后，进入医院接受手术，两天后便不幸离世。他的生命永远地定格在了56岁。有人推测，如果布德再活15年的话，他的作品就能让他的名字深入人心，使其在侦探小说的读者中广为人知。可惜天不遂人愿，在大英图书馆再版他的早期著作之前，约翰·布德的价值仅仅得到了为数有限的专业人士的认可。而今，随着其作品《萨塞克斯谜案》的重新面世，布德作为英国传统侦探小说巨匠的地位和声誉有望得以重新确立。

马丁·爱德华兹

英国警衔说明

由于"侦探小说黄金时代"系列小说的故事发生地主要在英国,书中机警睿智的侦探也以英国警察为主,所以在读者阅读本书之前我们先对英国的旧时警衔和称呼做一些简略介绍,以便读者更好地理解小说背景。

英国的旧时警衔主要分为5等(从高到低):

警察总监(Chief Constable);

警司(Superintendent)/总警司(Chief Superintendent);

督察(Inspector)/总督察(Chief Inspector);

警长(Sergeant);

警员(Constable)。

伦敦以外地区的警署还有以下几种职级(从高到低):警察局长(Chief Constable)、警察局副局长(Deputy Chief Constable)、助理警察局长(Assistant Chief Constable)。

另外,对于担任刑事调查部门或其他某些特别部门职务的警务人员,一般会在他们的职级之前加有"侦探(Detectives)"前缀,本书中译为"警探"。此类警务人员由于职责性质特殊,所以一般不穿制服,而着便衣执行任务。

在警务人员的升迁或训练等临时过程中,他们的职级还会加有"实习(Trainee)""临时(Temporary)""代理(Acting)"的前缀。

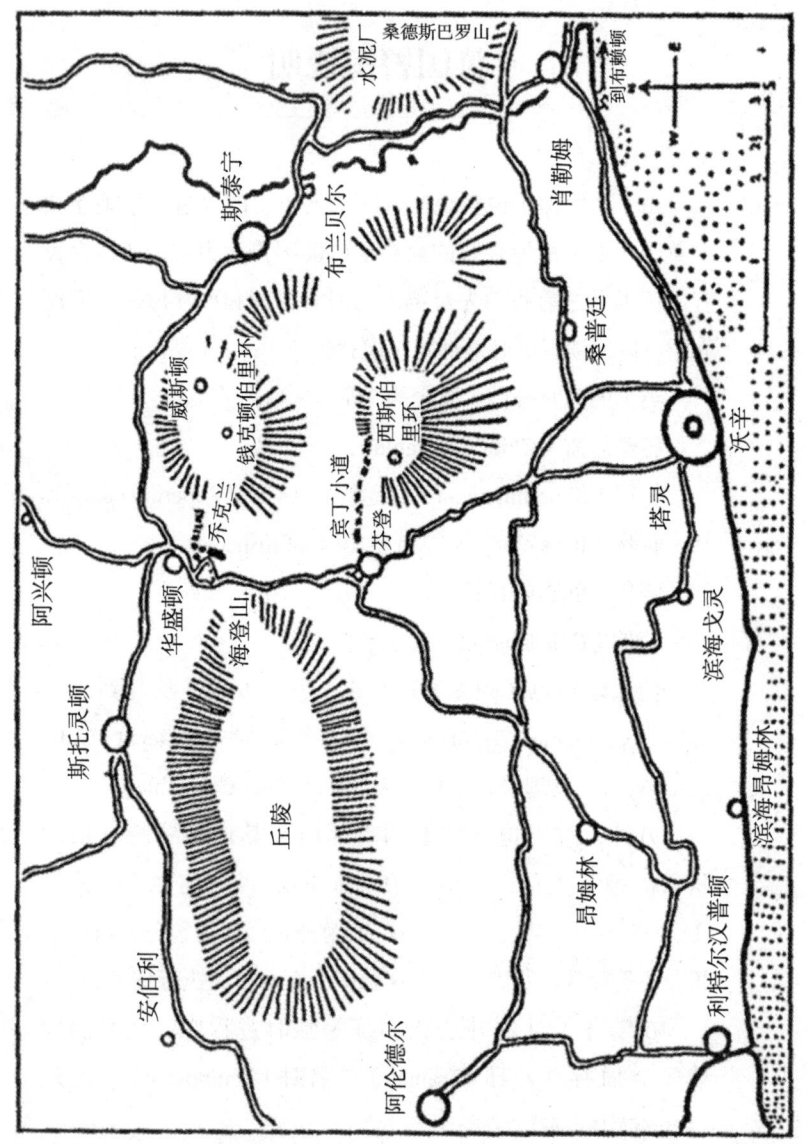

目 录

1	第一章	谜案开端
16	第二章	骸骨出现
31	第三章	骸骨再现
49	第四章	利特尔汉普顿的姑妈
62	第五章	穿斗篷的人
75	第六章	峰回路转
92	第七章	陷入僵局
104	第八章	痛陈前非
117	第九章	打印书信
135	第十章	聆讯疑云
153	第十一章	风波再起
167	第十二章	拥有灵异之眼的人
179	第十三章	戴墨镜的人

190　第十四章　溪岸小屋
202　第十五章　神秘房客
219　第十六章　线索回顾
237　第十七章　谜案高潮
252　第十八章　案情重现
269　第十九章　谜案开端

第一章

谜案开端

如果天气晴朗,人们从华盛顿教区的各处几乎都能看到巨型山毛榉构成的一个椭圆环形,那是高耸于萨塞克斯丘陵地区的钱克顿伯里环,也是我们的故事拉开序幕的地方。华盛顿教区只是个平凡无奇的村庄,除了两条街、两个酒吧、几个杂货铺,就只有一家铁匠铺、一家老式茶馆和唯一的一条班车线路。这个教区被沃辛-霍舍姆主干道一分为二,但在进步的浪潮面前还是保留下了根植于旧时代政府封建制度的特色。庄园里还住着真正的乡绅,无论那些"钱克顿盾徽"酒吧外的闲人政见如何,他们都还会本能地对庄园的主人行触帽礼。教堂的福利则掌握在保守的戈林奇牧师手里,他像特罗洛普①笔下的牧师一样

---

① 安东尼·特罗洛普(Anthony Trollope,1815—1882),英国作家。

传统。村里大多数青壮男子对犁田就像小猫对喝奶一样熟悉，农活自然也就成了他们的主要谈资。农场四散在教区内，星星点点，农场主的名字世代相传，始终如一。

罗瑟家族三代人栖居在一座狭长低矮的农舍中，这座农舍名为乔克兰，坐落在钱克顿伯里环脚下，山丘高处是耕地，下方是低矮的草地，刚好给这田产现今的主人，约翰和威廉两兄弟提供了现成的牧场。罗瑟家族并非世代生长于乔克兰，在家财万贯尚未落魄的年月，他们坐拥戴克庄园，约翰和威廉的多位祖先都安眠于华盛顿教堂的墓室中。有人以家族画像为证，说现在的约翰和他的曾祖父珀西瓦尔·罗瑟爵士简直是一个模子刻出来的。自珀西瓦尔爵士在戴克庄园北室故去之后，家族墓室最后的一点空间也被填满了。从那时起，罗瑟家族的人只得用一座农舍和一方可以安息的教堂墓地来自我安慰。

约翰和威廉是兄弟这事儿往往让不了解情况的人颇为吃惊，兄弟俩除了家族血脉，似乎毫无相同之处。约翰身材矮壮结实、面色红润，再加上一副大嗓门，恰符他那耿直豪爽、容易相处的性子，而威廉身材瘦高，生性敏感；约翰更为务实，满足于祖辈父辈都曾挥洒汗水的农耕生活，而威廉富于想象，是一位信奉实验的理论家。这样的两兄弟发生分歧再正常不过了。村里人很快就发现，就连威廉光速迎娶珍妮特·韦林，也没有缓和兄弟之间的分歧。珍妮特是一位退休上校的女儿，其父不久前在东格林斯特德离世，据说如果威廉的财务状况好点，就不会带她回乔克兰居住。可是约翰掌管家庭经济大权，威廉只得减少开支。

罗瑟兄弟的收入并不完全依靠田产，两人也靠烧石灰赚钱。他们农舍后方就有一大片马蹄形石灰岩，约12米高，一大批石灰工人以此为生。农舍旁有三个石灰窑，窑内冒出滚滚黄烟，飘散在灌木丛中，逐渐消散于石子路前。

193×年7月20日（星期六），一辆希尔曼小轿车停在长走廊外，走廊从底窗向外伸出，装有白色格架，约翰拎着手提箱，站在前门与珍妮特和威廉交谈。

他说，"我到哈勒赫之前，不要寄信给我。度假途中，我随时可能短暂停留，我受不了固定行程的约束。"

珍妮特微笑着说，"这点跟我一样，行李都收拾好了吗？"她又说，"你知道我不愿意多管这些事。"约翰点点头，戴上花呢帽，吻了珍妮特的脸颊，又向威廉伸出手来。

"好了，威廉，这3个星期就交给你了。别忘了廷普森那约1.4米的订单，还有星期二约翰逊的货。珍妮特，一定监督他踏实干活，别再到处闲逛去琢磨那些理论了。威廉，你也知道，生产石灰只有一种方法，那就是不停地烧石灰石。好了,再见。"

威廉点点头,嘀咕了几句玩得愉快之类的老套祝福,像往常一样无视哥哥的傲慢,他知道如果自己对这些说教不加回应,哥哥总会有些失望。

"汽油够吗?"

"18升,谢谢。加在空油箱里。我想测试一下。"

"好,你到哈勒赫是在……?"

"最晚星期三,"约翰爬上驾驶座时说道,"所以如果你有问题,就留到那时候再问。"

高声告别和频频挥手后,希尔曼轿车沿着弯道冲了出去,消失在修剪整齐的月桂树篱笆后面。

在同一时刻,另外两件毫无关联的事情发生了。教区钟楼敲响了6:15的钟声,在一家名为"丁香兔"的素食旅馆中,沃辛著名昆虫学家派克·琼斯满足地躺上了扶手椅。他刚带着捕虫网和标本箱从芬登附近的丘陵走回来。他是"丁香兔"旅馆周末的常客,几乎把芬登(位于沃辛和华盛顿之间的村庄)变成他捕捉当地蝴蝶和甲虫的大本营。然而,派克·琼斯先生喝着奎宁水[①],准备对付晚餐的坚果饼、沙拉和生胡萝卜时,可完全未曾想到约翰·罗瑟离开乔克兰这事儿会打乱他第二天早上的计划。

---

① 一种汽水类的软性气泡饮料。

7月21日（星期日）上午9点出门时，他没有意识到自己闯入了一出悲剧。他沿着蜿蜒小路前往西斯伯里山，这条所谓的小路，盘绕在丘陵脚下，历经风吹日晒，泥土干燥泛白，最终通向距芬登约6.4公里的一座孤零零的农舍。前行途中，崎岖不平的马车道上，派克·琼斯打开了标本箱，让笼门朝向旷野中地势低的地方，缓坡一路向上有不少茂密而杂乱的金雀花丛。离小路边大约90米的地方，他意外发现一辆小轿车停在两簇金雀花丛之间，左车门开着，在离踏板几步的地方有一顶花呢帽，倒盖在草皮上。出于好奇，派克·琼斯停留了一下，想看看这粗心车主怎么会连车门也不关，还把帽子也掉在地上。

离车几米处他愣住了，发出一声惊恐的叫喊就瘫倒在地。花呢帽内部满是血迹！轿车的脚踏板、驾驶座套、车轮上也都有血迹。三层的风挡玻璃裂了好几处，车里到处都是碎玻璃，看样子是因为仪表盘被砸碎掉下来的。他不敢碰那顶帽子，勉强站起来颤抖着喊道：

"喂——有人吗？有人在吗？"

没人回答。

想着这里可能发生过的事情，琼斯先生内心又惊又怕，他犹豫了一下，想知道下一步应该怎么办。随后他翻出一个笔记本，匆匆记下了车牌号，就朝着芬登跑回去了。

两小时后,梅瑞狄斯警司在乔克兰的老式客厅与威廉·罗瑟进行密谈,这位警司近期刚从卡莱尔调到刘易斯。

"罗瑟先生,"梅瑞狄斯说,"这无疑是您哥哥的车,您辨认出这顶帽子进一步确认了这一事实。关于这辆车怎么会开到那里,或者您哥哥此刻在哪里,您有所了解吗?"

"一点儿都不清楚,我毫无头绪。昨晚6点左右,我哥哥出发前往威尔士的哈勒赫。他本打算在途中一两个有趣的地方短暂停留。您说这辆车是在西斯伯里的北边发现的吗?"

梅瑞狄斯点点头。

"罗瑟先生,在一条*断头路*边,路的尽头是宾丁农场,距离芬登6.4公里。"

威廉的脸色比往常更苍白了,显然,这个意外让他压力重重、备受煎熬。

"嗯,我知道这个地方。可我不明白约翰为什么会开上那条路,您说警察已搜索了丘陵四周,但没有发现他的踪迹吗?"

"没有发现。从宾丁农场也没有得到任何信息。芬登的警长第一时间展开了调查,搜索还在继续,但必须发布例行的警情公告,因此,罗瑟先生,请您描述一下您的哥哥——身高、体形、肤色、服饰、显著标志等。请问您现在可以提供这些详细信息吗？"

记录下这些信息后，梅瑞狄斯合上笔记本说："罗瑟先生，我知道这次谈话一定令您十分悲痛，但恐怕我们必须直面事实。凭借现有证据，您一定能猜到我们在怀疑什么吧？"

"某种谋杀？"

"是的。当然，有自杀未遂的可能，但我有非常充分的理由来排除这种猜测。"

"要对我保密吗？"

"恐怕是的，罗瑟先生。您知道，警察习惯于对某些证据保密。目前，一切都指向袭击。虽然目前还无法查明您哥哥遇袭的时间和背后的动机。您知道谁可能会伤害他吗？又或者，有谁怨恨他吗？"

威廉想了一会儿，摇了摇头。

"我认为我哥哥在本地很受欢迎。他对自己的私事守口如瓶，大概因为他从没真正相信过我吧。我们对事情的看法也的确大不相同，尤其是在农事上。"

"你们兄弟俩一起经营这个农场吗？"

"是的，农活和石灰生意都是一起的。"

梅瑞狄斯做了笔记，思考片刻之后，抬头说：

"这桩案件中有个相当令人费解的地方，罗瑟先生您发现了吗?"

"我不太清楚……"威廉说。

"如果我们假设您的哥哥遭到袭击,那他现在在哪儿呢?受伤的人走不了多远就会引起人们的注意,尤其是在乡村地区。"

"他也许是在深夜遭到袭击,迷路之后晕倒在了丘陵里的哪个地方。"威廉回答。

梅瑞狄斯摇了摇头。

"先生,一开始我也这么认为,可是从轿车出来几步路就没有血迹了。这很能说明问题,不是吗?"

"为什么?我不太懂……"

"这显然表明袭击者使用了第二辆车,甚至可能还有同伙。为了尽可能将他移开案发现场,您哥哥很可能在尚未清醒的情况下被车带走了。"

"但为什么呢,梅瑞狄斯警司?"当警司用平静的声音分析这一悲剧在理论上的可能性时,威廉越发激动了。"整件事毫无意义呀!我哥哥为什么会受到袭击?是谁下的手?他的车本该开去哈勒赫,怎么会开到西斯伯里环形山去?"

"先生,如果我现在能回答这些问题,警方的调查就该结束了。对于他被第二辆汽车带走这件事,倒是有一种相当可能的解释,那就是绑架,目的在于获取赎金。"梅瑞狄斯弯起嘴角笑了。"这万恶的作案手法源自美利坚合众国。但这只是理论推测。到目前为止,没有任何迹象表明是这种情况。"

随之而来的是漫长的沉默,威廉不安地站起来,大步走向落地窗,凝视着外面的草坪。

"警司,请告诉我,"他问,话中的情绪明显不能自已,"概率有多大?"

"什么概率,先生?"

"我哥还活着的概率。"

梅瑞狄斯犹豫了一下,耸了耸肩,然后谨慎地说道:"先生,现在给出绝对的回答还为时过早。我想大约50%吧。在您哥哥的体貌特征上报到警察局后的24小时内,我们可能会得到更多信息。如果未来几天没有发现更多线索,那么可能还会发布紧急求助广播。罗瑟先生,在那之前,我们应该坚持一句老话:'没有消息就是最好的消息。'"

他站起来,从钢琴上取下警帽,补充道:"对了,罗瑟先生,昨晚您哥哥出发时的心情如何?他看起来沮丧、忧虑或紧张吗?"

"不,我刚忘了说,他完全正常。"

"你们聊了些什么?有什么不寻常的吗?"

"哦,只是一些琐事,关于一些必须送出的石灰订单。我记得我还问了约翰车的汽油够不够。"

梅瑞狄斯记录了这个细节,仔细想了想,然后突然问道:"他回答了吗?"

"回答了。"

"您还记得他怎么说的吗?"

"当然。他说,'谢谢,18升,加在空油箱里。'"

"我想,这是说他已排空了油箱并装满了18升油吧?"

"就是这个意思。他喜欢在长途旅行中估算每升油的准确行驶里程。"

"您知道他的车每升油能行驶多少里程吗?"

"大约14公里,也许更少。"

"谢谢。"梅瑞狄斯说,"我不耽误您的时间了,罗瑟先生。我们会第一时间让您了解调查结果。您有电话吗?"

威廉摇了摇头。

"可能我们这里太偏僻了。"

"好吧,如果有新发现,我会打到你们这儿的警察局,警员可以骑车前来告知。"

威廉热情地握住梅瑞狄斯伸出的手。

"谢谢您,梅瑞狄斯警司,"威廉在送他走向门口时说道,"我很担心这事,您考虑得这么周到真是帮大忙了,我都不知道该怎么把这件事告诉我的妻子,她现在随时都可能从教堂回来。"

"她敬爱您的哥哥吗?"梅瑞狄斯通过大门时委婉地询问了一句。

"相当爱戴呢。"威廉冷冰冰地说。"他们有很多共同点。事实上,我一直认为……"他歉意地笑笑没再说下去。"不过,警司,我不想浪费您的时间聊家庭琐事。这边走,左边请。"

在返回芬登的途中,梅瑞狄斯坐在警车副驾驶位置上,感觉在与威廉·罗瑟的谈话中,自己收获甚少。他希望失踪者在24小时内出现,好结束这个恼人的常规案件。目前唯一的初始线索是罗瑟失踪了,如果他露面,案件及其奥秘自然就此终结。如果他没有出现,梅瑞狄斯心里一笑,那就太荒谬了!把一个人变不见,不管他是死是活,都不像魔术师把放在高顶礼帽中的兔子变不见一样简单。罗瑟总会在适当的时机出现,案子也就变成"杀人狂的寻常袭击"或某种没有动机的残忍犯罪,但由于意外的开端,一切都愈加令人不快。

"另外,"他想,"这没法解释为什么约翰·罗瑟的车出现在西斯伯里环形山下。他的油箱里有18升汽油,是吗?没错。我想这是从这次谈话中获得的一条宝贵线索。"他转向手握方向盘的警员。"麻烦带我回到犯罪现场,霍金斯。能帮我清空一只油箱,测量出它的容积吗？"

"这简单，警司，我们在芬登汽车修理厂拿几个9升的油箱就行了。"

在芬登汽车修理厂，两个人将油箱放上车，左转离开主干道，开上当地人所说的宾丁小道，沿着丘陵向前行驶。一名警员站在那里看守着那辆希尔曼轿车，车子周围聚了一小撮看热闹的人，大部分是孩子。没什么要报告的信息，搜索队目前也都一无所获。霍金斯拧松化油器进油管上的接头螺母，然后小心地将汽油倒入油箱中。

"回局里之后我要准确计算一下，"梅瑞狄斯说，"这大概有多少？"

霍金斯说："大约一箱半，警司。"

梅瑞狄斯安排警员将这辆希尔曼轿车带到芬登汽车修理厂，随后跳上警车，驱车回到了刘易斯，大约行驶了40公里。

一回到办公室后，他就用一只有刻度的烧杯精确测量了罗瑟油箱剩余的汽油。刚弄完，门外就传来轻快急切的敲门声，警察局长福里斯特少校闯进办公室，他四处乱走，发出沉重的脚步声。他粗鲁、矮壮、精力旺盛，头发半秃了，留着粗硬的胡须。尽管他常常不拘小节，但他的下属还是很喜欢他，崇拜他魔鬼般的工作效率。

"嘿，梅瑞狄斯。忙什么呢？一天假都不放吗？"

"罗瑟的案子，局长。"

"哦，那个车主失踪的案子。我在桌上看到了你的报告。有什么进展吗？"

"还没。看起来像是袭击。"

福里斯特少校很认同。

"你在这儿搞什么鬼？整个办公室都是汽油味。要烧掉警察局来抗议加班吗？"

梅瑞狄斯解释了他从住在乔克兰的威廉·罗瑟那里了解到的信息。

"那结果如何？好啦，梅瑞狄斯，别卖关子。你已经发现了一些线索。"

"局长，这大约还剩14.6升汽油。罗瑟从乔克兰出发时油箱里有满满18升汽油，他的车每升油行驶里程约为14公里。那么通过简单推论……"

"行了！行了！"警察局长嚷嚷道，"你别算了。你想说罗瑟在将车停在西斯伯里山脚下之前已经行驶了大约48公里。"

"没错，局长。距乔克兰直线距离7.2公里。"

"能说明什么？"

"什么也说明不了，局长。"

"哼，真有用呢！"

"这个数据目前是什么也说明不了，之后可能会派上用场。局长,您看……"

"行了行了,尽管用你固执的方法去做吧。我始终理解不了这种方法。你考虑周全但未免太挑剔,像个死抠细节的娘们儿。但我管不着,这是你的案子。如果罗瑟三天内还不出现,我们就从伦敦广播发布寻人启事。"

"好的,局长。"

三天后,毫无波澜的声音开始广播:

"在播报日常新闻之前,我们先播一条警察局求助信息。约翰·福斯戴克·罗瑟于7月20日(星期六)失踪,此人现年39岁,身高1米72,身材矮壮结实、面色红润、头发灰白、眼睛呈蓝灰色、未留胡须。最后一次现身时身穿浅棕色灯笼裤西装,浅棕色长筒袜和棕色烤花粗革皮鞋。很可能没戴帽子。7月21日(星期日)早晨,有人发现他的汽车被遗弃在距沃辛内陆几公里的西斯伯里环形山下。分析认为,罗瑟先生可能因失忆四处流浪。如有人知道他目前的下落,请联系萨塞克斯郡警察局长(电话:刘易斯0099)或附近的警察局。"

7月24日,星期三。

一周后,约翰·福斯戴克·罗瑟仍不见踪影,警司的调查依然停滞不前。尽管梅瑞狄斯嘲讽过,但约翰的袭击者似乎已经实现了不可能的目标——从高顶礼帽中把兔子变走了。

"而且,"梅瑞狄斯认为,"这一点几乎完全否定了激情杀人狂犯罪的可能性。"

现在看起来,警察面对的似乎是精心策划、巧妙执行的谋杀案,尸体还无迹可寻!

第二章

骸骨出现

"行吧,朋友,无论这是什么,"埃德以专家般的语气总结道,"都不该出现在这儿。"

"对。"比尔点点头。"石灰中混入不该有的团块时,会破坏混合效果,石灰毁了,砂浆就更不用说了。"

"我想知道这到底是什么?"埃德说着,拿起从石灰袋子里倒出来的那块异物,插在一堆准备用于搅拌砂浆的沙子上。"*看起来像块骨头,是不是?*"

"天哪,人骨。"比尔补充了一句,脑海中进行了恐怖的想象。

"更像狗的骨头。"埃德说着,把这个奇怪的物体丢到附近的一堆碎石上。"别站在那儿磨蹭了。把那桶水给我,我们把这些搅拌了。"他轻蔑地补充说,"你说这是人骨头,说明你认为这与犯罪有关。"他的表情又显得愉快了些,"说实话,比尔,这类东西,就是你说的人骨,除了在石灰袋子里,以前还*曾*在更古怪的地方被人发现呢。我之前听说一个从阿伦德尔来的家伙在拆旧烟囱的时候从里面发现了一块头骨。他们认为那是诺曼人的头骨,但他们没法根据一块头骨知道那个可怜鬼叫什么,天知道!"

埃德向沸腾的石灰池中吐了一口痰,他此时正用水将石灰熟化,而比尔开始搅动沙子。他们正在给"理想大厦"的一座配楼打地基,"理想大厦"面朝西沃辛海滨,是布伦金斯先生的住宅。他是一位刚退休的解剖学教授,此时已从避暑别墅中的餐后小盹中醒来,在草坪中穿行。听到两个砖瓦匠发出的声音,他才意识到,与建筑师争论了几个月之后,这座新配楼终于动工了。他为人和蔼,也很喜欢聊天。

"下午好啊,伙计们。"

两位工人行了触帽礼。

"中午好,先生。"

"进展顺利吗?"

"应该说还算好,"埃德对比尔眨眨眼,"虽然我的朋友说他在院子里那最后一批石灰里发现了人的骨头。"

"人骨!"教授摆弄着他的绿色太阳镜。"有意思,很有意思!刚好我这辈子都在研究各种骨头。我倒想看看。"

"我开玩笑呢,先生。大概就是狗吃剩下的骨头。我把它扔在一堆碎石上了。"

教授顺着埃德手指的方向,向前迈了一步,凝视了一会儿,发出了一声惊叫。

"天哪!太特别了!您朋友没说错。这是人的骨头。"他俯下身,伸手拿起标本,放在手中翻来覆去地打量。"成年男性的股骨,几乎完好无损。有趣极了。"

"'鼓骨'[①]?"埃德问道,他推了推帽子,搔着耳朵。"那是什么,嗯?"

"大腿骨——人体骨架中最长的骨骼。"

"那,这大腿骨到底是怎么跑进石灰袋子里的?我很好奇。"埃德关切地问道。然后用低沉的声音补充了一句:"而且我们也*应该*知道事情的原委,先生。您懂的。"

"这绝对不正常,我赞同您的意见。"

"不仅如此,先生——不仅如此啊。比这更麻烦。您没发现吗?"

埃德相当激动。

"发现什么?"教授对埃德的激动情绪有些困惑。

[①] 指"股骨",但埃德发音错误,故译为"鼓骨"。

"应该报警。"埃德辩驳道。"这可能是个意外,可能是有人故意把您说的什么'鼓骨'放进了石灰袋。也可能是……"

"是的,也可能是谋杀!"比尔喊道,抢先说出了埃德想说的戏剧性结局。

"谋杀!"教授难以置信地叫了起来。他多年从事人体骨骼研究,几乎忘记了人体骨骼原本与血肉相连,让人可以走路、说话和呼吸。

"是的。"埃德点点头。"一个人杀了另一个人,想要抛掉尸体的情况,不是吗?"

"这么说,"教授显得十分难过,"您认为我应该报警吗?"

埃德加重了语气说,"我觉得应该,先生。而且要立刻报警。我们不希望因此惹上任何麻烦,对吧,比尔?"

"那我去打电话!我这就打给警察局。"教授话音没落,就把那根大腿骨像雨伞一样夹在胳膊下面,在小径上一路小跑开了,"我的天哪!谋杀。有趣极了。"他在大厅遇到了管家,在她面前挥舞着骨头。"这是谋杀,哈丽雅特。工人们这么说的。我必须给警察打电话,我们不希望因此惹上麻烦。"

20分钟后,沃辛区警察局的菲利普斯警长在这个花园里会见了几位报案人。他的问题简短而切中要害。只用五分钟，他就得到了所有必要的信息并在笔记本上做了记录。工人为廷普森公司工作，这家公司在斯泰宁路，是建筑商兼承包商。工人对廷普森公司的石灰来源并不知情，但工头弗雷德·德雷克可以提供这一信息。教授则表示，他立刻就辨别出了这根骨头是人的股骨。他认为这根骨头很可能是有人为了将其与身体分离而用外科手术锯从一端锯断的。骨头的主人年龄暂时无法判断，但一定是一名正常身高的成年男性。当然，仅凭骨骼结构很难准确估计此人的身形，健壮男性的股骨并不一定比瘦弱男性的更粗壮。这是一件极不寻常、从无先例的事情，教授想着这件事，衷心希望袋子里的骨头与犯罪行为毫无瓜葛。

警长在廷普森公司找到了在水龙头边洗手的工头。

"您是弗雷德·德雷克？"

"是我。"

"我想要了解一点信息。"

"请。"

"那袋今天早上被运往布伦金斯教授家的石灰，是从哪里买的？"

"从罗瑟兄弟那里，"工头说，"华盛顿的罗瑟兄弟，您知道他们吗？"

警长点点头。他当然知道，还知道约翰·罗瑟失踪的事情。他想，似乎必须将牛皮纸包里的股骨移交给郡警察局了。案情已微见端倪。他几乎是本能地抓住了线索之间的联系。

"货是什么时候运来的?"

"昨天。有1.4米。"

"运来时就是装在袋子里的吗?"

"不是,工人们根据需要装袋,我们的石灰都倒在那座大棚里。"

"那堆石灰里发现过其他东西吗?"

"没有了。"

"好了——那在我们下次来之前请您务必锁好棚子,不要让人接触里面的石灰,德雷克先生。警察局会在合适的时候向廷普森先生说明情况。谢谢您提供的信息。工作愉快。"

这一消息从沃辛传来后,梅瑞狄斯警司吹起了口哨。

"这就是所有消息,对吗?行,听我说,警长,我马上去取那根大腿骨。同时,请安排您的手下细查廷普森公司那堆石灰。如果有进一步的信息,马上联系那位教授,安排他6点在您那儿和我们见面。"

在前往沃辛的警车上坐定后,梅瑞狄斯便忘记了同行的霍金斯,开始根据此案的新方向调整他的思路。他对这根大腿骨属于约翰·罗瑟毫无疑虑,这两个极度不同寻常而令人惊异的因素都与罗瑟夫妇相关,如果说彼此之间毫无联系实在难以服人。一名叫罗瑟的男子在一个偏僻的地方遭到袭击死亡，尸体被移出犯罪现场，而大约10天后，就有人在来自罗瑟窑的石灰中发现了一块男性股骨。两者之间当然可以用这种方式来解释：谋杀受害者的凶手或凶手团伙要处理尸体。毫无疑问，他们认为，人们要在几天甚至几周后，才能在西斯伯里环形山下方的那个偏僻的地方找到被遗弃的希尔曼小轿车。这样一来，如果在此期间他们能够处理尸体，那么他们很有可能得以在犯罪行为被发现之前脱身，或许是逃到欧洲大陆。另外，凶手完全没有想到谋杀案中的尸体可能会向警方提供线索。可实际上，要处理掉尸体和这些线索十分困难。

如今，要隐藏人的尸体可以用很多种方式，只不过有些更为有效，埋尸、酸溶、沉海或焚尸都可以。梅瑞狄斯想，罗瑟案的凶手采用了最后一种办法。根据布伦金斯教授的分析，凶手在一个安全的地方用外科手术锯进行了分尸，在乔克兰的石灰窑中，部分或全部地火化了受害人的四肢和躯干。凶手采取这种方式无疑是打算借此隐瞒受害者的身份，尽可能分散地丢弃骨头也是希望人们无法发现其犯罪行为。梅瑞狄斯推断，在过去十天的晚上，凶手陆续将分割完成的尸块丢弃在几个窑炉中。如果石灰运到当地建筑商手上，那么寻常的包裹里面有一两块奇怪的骨头可能并不会引起任何风言风语。一般的工人只会把它们当成动物的骨头，要不是教授在场，这根大腿骨就要像垃圾一样被清理掉了。

"现在纯粹是理论推断，"梅瑞狄斯想，"但无论如何算是可行的调查基础。"

警车在拥挤的沃辛大街上嘟嘟鸣笛时，他意识到必须即刻前往乔克兰。他想了解两件事：第一是烧制石灰的方法，第二是自7月20日以来从农场发出的完整订单清单。同时，他希望沃辛方面能为他提供更多的证据。

他果然没有失望。菲利普斯警长、布伦金斯教授和督察一起在办公室等他。桌上放着一个牛皮纸包。

"好了，"梅瑞狄斯在彼此介绍完之后说，"在廷普森公司的运气如何？"

"见鬼了，"督察回答道，"看看这一小包东西。"

他打开了包裹，神态仿佛推销员在展示领带精致的线条。纸的中央有一堆骨头——大小、曲直、粗细各有不同。

"我的天哪！我想这些肯定是人骨，教授您看呢？"

教授向前走去，透过眼镜凝视着，他现在戴的不是绿色太阳镜了，快速检查后，他摇了摇头。

"天哪，不，它们的来源毫无疑问。"他捡起几根较小的骨头，将它们放在手掌上。"现在，看看这些，先生们。两根来自成年男性手掌骨的完美样本。然后这里，"

他举起另一根样本,"锯开的胫骨的上半部分。而这个看起来很奇怪的东西是我们所说的髌骨。你们可能知道这个的俗名是什么吧,先生们?"

"膝盖骨。"梅瑞狄斯对督察眨了眨眼。

"完全正确。"教授眉开眼笑着,好像在祝贺学生掌握了一点意料之外的骨骼知识。"人类的膝盖骨。这真是最全面的收集了,不是吗?首先是股骨,然后是胫骨,啊,这是腓骨的一大部分,还必须加上髌骨。我们几乎可以说能搭建一个从臀部到胫骨中间的男性右腿骨架。太有趣了,是吧?"

"相当有趣,"梅瑞狄斯干巴巴地说,"也极有帮助,先生。现在假如我有机会收集到……好吧,我们还是说说骨架缺失的部分,教授,您能为我把它们拼到一起吗?"

"当然可以。只要您提供的骨头属于同一位成年人,我就能为您拼出一个非常漂亮的骨架。"

"这些看起来能拼到一起吗?"梅瑞狄斯立即问道。

"略看一眼的话我觉得应该'可以',但如果我能把它们带回去,我就能……"

"随您心意。请尽快让我知道结果。"

"最晚明天。"

"好的。您能直接与我联系吗?刘易斯0099。"

教授又一次眉开眼笑。"这很不寻常,不是吗?天!

我从未想过有一天会有人请我帮助分析谋杀案。有趣,太有趣了。"

教授收好骸骨,向警官们道了别,哼着小曲离开了人们的视线。

"那个老家伙会很有用。"梅瑞狄斯离开警察局时心想。"如果我们得到他所谓的'完整收集'一类的东西,就得进行验尸。但是,想要证明骸骨的身份,可得非常幸运才行!"

此时已经很晚了,他决定第二天早上再去乔克兰。

第二天早上9点刚过,他的警车就从主干道转向了通往农舍的小路,随后便停在了白色长廊前。一个女孩正在给一些盆栽的天竺葵浇水,这些天竺葵整齐排列在两个巨大的框格窗之间。看到车子停下,女孩放下水壶,前来迎接警司。

"早上好,女士。威廉·罗瑟先生在吗?"

"我丈夫吗?在的,他应该在外面某个窑炉边吧。"

"谢谢,罗瑟太太。鉴于我没有穿制服,我或许应该解释一下,我是一名警司,正在侦查您丈夫的哥哥失踪的案子。我叫梅瑞狄斯。"

这个女孩愣了片刻,随后不安地四下扫了一眼,低声说道:

"我丈夫为这场可怕的案件担心得要死,梅瑞狄斯警司。他似乎饱受折磨。尽管他鲜少提及,但我知道他一直心心念念着约翰这件事。请实话告诉我——您认为约翰再次出现的概率有多大?"

梅瑞狄斯犹豫了一下,以审慎的眼光估量了这位不安的年轻女士,出于某种本能的原因,决定模棱两可地敷衍过去。

"这完全超出我能估计的范围了。失踪人员有时在失踪数年后才出现。"

"但受了那样的伤——他不可能走得很远吧?"

"但我们不知道他受了多重的伤,罗瑟太太。您怎么知道呢?我从未向您的丈夫透露过我们发现的细节。"

"但是……但是我一直在看报纸上的报道,"女孩回答道,显然因为这一点被揪住而感到很不自在,"他们提到了可怕的血迹。"

"夸张而已。"

梅瑞狄斯耸了耸肩来消除她的恐惧,心中更仔细地评估了威廉·罗瑟夫人。他注意到她天生的美貌因她干裂的嘴唇和清澈的灰眼睛下方的黑眼圈而折损了不少。显然,她丈夫不是唯一一个担心约翰·罗瑟失踪案的人。她比梅瑞狄斯预期的要年轻——大概二十五六岁,比她丈夫至少年轻十岁。他认为,她的活泼是她最大的魅力——这种活泼透过清澈的灰眼睛展现出丰富的表情,也让她的身体更具活力。

"精致"是梅瑞狄斯心中对她的评价。"美丽的外表下有清醒的头脑。"

"您能告诉我,"他大声说道,"去石灰窑的话,我得走哪条路吗?"

她来到大门口,为他指引方向。

"看——在那些灌木丛的后面往右走,您就可以看到冒出的烟。"

梅瑞狄斯抬了抬帽子以示谢意,走向白烟滚滚升腾又随风飘散的地方。从灌木丛走出来,他很快来到石灰窑上方。

墙外是一大片低地,墙内安置着石灰窑炉。此处地势从农场一侧先降后升,形成一个宽阔的V形山谷,一条公路将山谷分开,在此处看不清这条路,山谷的另一侧是植被茂密的海登山山顶。向右看去,只能瞥见夏日的树丛,小村里拥挤的瓦房和草房。更高处则是华盛顿教堂,教堂灰暗阴沉的石头尖顶在蓝天投下一抹阴影,遮盖了北面的教区牧师住宅。窑炉正下方一条小路向上延伸至梅瑞狄斯来时的车道,明显是通往主干道的。在窑炉与该车道之间有9米左右的落差,中间有一面低矮的石墙,墙的那一边是马厩,这一边则是一座院子,石灰就是在这儿被装上马车运出去的。威廉·罗瑟正站在下方的院子里看着车夫给马套上挽具。

梅瑞狄斯斜倚在矮墙上招呼威廉。

"对不起,先生,打扰一会儿。您可以上来吗?"

罗瑟迅速抬起头,认出了警司,点了点头,沿着小路绕上来了。他一上来就向警司伸出了手。梅瑞狄斯被罗瑟的脸色吓坏了。不过10天时间,他整张脸都不一样了。如今,他的眼睛成了雕刻家用凿子从他瘦削惨白的面具脸上凿出的空洞,当初那个眼睛乌黑明亮的男子已经濒临崩溃的边缘。

"天哪,先生!"梅瑞狄斯忍不住感叹道。"您看起来病了。"

"我确实病了。"罗瑟用平淡的语气回答道,眼神空洞无物。"您很意外吗?告诉我,"他把瘦小而紧张的手搭在警司的袖子上,"请告诉我,您带来什么消息了吗?"

"恐怕没有,罗瑟先生。我正在针对另一条线索进行调查。我承认,这与您哥哥的失踪有关,但现在仍需保密。您理解吧?"

"完全理解。"声音听起来兴味索然。"那你想知道什么?"

"我想知道您如何生产石灰?"梅瑞狄斯坦率地说。

罗瑟怀疑地看着警司,好像怀疑自己是不是听错了。

"但那有什么……"

"拜托，罗瑟先生，我之前解释过，这是一次警方私人调查。我要的只是信息，如果您让我了解相关信息，也能让您的内心获得平静。"

"好吧。"罗瑟耸了耸瘦削的肩膀。"我会克制自己的好奇心。那么，整个过程相当简单。这是石灰窑，当然这只是其中三个，深6米左右。首先在竖井底部点燃火焰，之后窑炉一直不会熄灭，除非需要维修。"

"您如何让它们持续燃烧？"

罗瑟指向炉口两侧的两堆东西，一堆黑色的，一堆白色的。

"石灰石和粉煤——我们本地称之为卡勒姆。当石灰窑堆起来时（通常每天两次），我们铲一层石灰石盖到一层卡勒姆上。炽热的石灰石到达竖井的底部时，已经通过燃烧氧化成石灰。在每个窑底都有砖拱。工人们从这些拱门挖出石灰，顶部的石灰石就会自动下落，窑炉中就重新铺上了更多的石灰石和卡勒姆。尽量简单地说吧，在石灰窑正常运行的时候，它由三层组成，最底层是纯石灰，中层是炽热的石灰石，它即将变为石灰，顶层是纯石灰石与未燃烧的卡勒姆的交替。您跟上了吗，梅瑞狄斯警司？"

"跟上了，先生。您已经确切地给出了我想要的信息。一般什么时候堆窑？"

"每天清晨和傍晚。"

"夜晚石灰窑高度会下降吗?"

"会下降一点,因为燃烧中有坍塌。"

"一两米吗?"

"对,就是这样。"

"谢谢。现在我想问问您可否让我看一眼您的订单簿?"

第三章

骸骨再现

虽然不知道威廉·罗瑟对梅瑞狄斯要求借看订单簿的奇怪行为有何想法,但他憔悴的脸上却没有流露任何信息。他只是咕哝道"好的",这种沉闷的声音通常表明尽管一个人认为某种奇思妙想十分古怪,却都不准备加以反对。威廉带着梅瑞狄斯回到了农舍。这次,他们从后面进入,先穿过一座小庭院,院里种着一棵冷杉,还有一块杂乱的草丛,随后穿过参差不齐的鸢尾花丛,进入通风良好的厨房,厨房是石头地面,中央放着一张巨大而干净的冷杉木桌。在厨房的尽头,低矮的窗户下又是一张小一点的桌子,上面盖着一块红布,上面放着账簿、文件、信件、参考书、墨水瓶和纸笔。宽阔的窗台上放着一台便携式打字机。

罗瑟微笑着,苍白的脸上满是疲倦。

"这是办公室,"他脸上一阵抽搐,解释道,"就是这儿,我们在乔克兰没有书房。现在您到底想要什么?"

"我想要一份清单,有可能的话,可否完整列出最近十天内,也就是自您哥哥失踪之夜以来,收到您家石灰的所有客户清单。"

"也附上交付的数量吗?"

"对。"

罗瑟拿起一本普通的黑色订单簿,递给梅瑞狄斯。

"在其中您会翻到想要的一切信息,梅瑞狄斯警司。对我来说,这似乎是一项奇怪的要求,但您的工作您最了解。我会尽一切努力来协助侦查约翰失踪的案子,如果约翰死了——我现在有这种念头,就绞死那个凶手。但是,我可想不到您想从订单簿中找到什么!"

"我可以抄一份吗?"

罗瑟点点头。

"那我这会儿先到石灰岩场去。如果您还需要什么信息,可以去那儿找我。就在房子后面。"

"谢谢,我目前想要的就是这些了,罗瑟先生。我把这些信息抄到笔记本上就会离开。还想在您离开前问一个问题。您哥哥有没有真正的密友?"

"有。小说家奥尔德斯·巴尼特。"

"那个侦探小说家?"梅瑞狄斯咧嘴一笑。

"就是他。他住在教堂附近的一栋叫作利奇波的房子里。他和约翰学生时代就一起玩儿。您认识他？"

"对，我读了他的一些书。我得说，他书里的杰弗里斯督察在调查中拥有那该死的洞察力，比我通常要幸运得多！这个小伙子聪明到不必担心日常工作的细节。我简直嫉妒死了。"

威廉点了点头，干笑着表示注意到了梅瑞狄斯的幽默，他一脸苍白，似乎有不少心事，若有所思地走出了房门。

梅瑞狄斯坐在窗边的桌上细细查看订单簿，其中的内容果然没有让他失望。第1栏：订购日期；第2栏：公司名称与地址；第3栏：石灰订购数量；第4栏：交付日期。从7月22日（星期一）到7月31日（星期三），也就是到昨天，罗瑟曾为12家不同的公司供货。订购数量在0.9米到2米之间不等，梅瑞狄斯知道这是通常所说的"装载"量。大多数公司的订单都选择了"满载"。其中有5家在沃辛，包括廷普森公司；3家在普尔伯勒、1家在斯泰宁、1家在斯托灵顿、1家在阿兴顿，剩余的0.9米石灰送到了华盛顿牧师住宅。

他合上笔记本，准备打开另一本订单簿时，一个脸颊通红的胖女人蹦跳着进了厨房。她身体每个毛孔都散发着善良的天性。她身穿淡紫色的印花连衣裙，袖子卷起，露出一双强壮黝黑的手臂,在她那应该是腰部的地方系着一条耐用的蓝色大围裙。

"哎呀!"她惊呼,被厨房里突如其来的入侵者吓得丢了魂。"对不起,我保证我不知道还有外人在这儿,先生。"

"没关系,请问太太您怎么称呼?"

"先生,我叫凯特·阿宾沃思,是这里的管家,在这儿干了15年了。"

"罗瑟先生让我在这儿抄点东西。"

"哦,您说可怜的威廉先生啊。"她摇了摇头,充满慈母般的关怀。"先生,这些天来,他食欲不振,这个小麻雀飞不起来了。看到他每天这样作践自己,真是太可怕了。他一向身体不好,家里出现这种事,完全改变了那个年轻人。"

"罗瑟太太看起来好像也很难过?"梅瑞狄斯问道,时刻警觉着可能出现的信息。

"啊,威廉太太也很悲伤,先生。但我不觉得奇怪,一点都不,她那么喜欢约翰先生。就像夫妻一样,请原谅我这么直白。当然,这并不是生米已经煮成熟饭,而是说他们互相关心的方式。威廉夫人与约翰先生就像母鸡与小鸡一样——不是说威廉先生对她不够贴心和关心,而是我一直都认为……"讲到这里,阿宾沃思夫人放低了声音,凑近警司耳边,几乎要在他耳朵里说话了,"威廉太太嫁错人了!"

她颇为强调最后这句话,梅瑞狄斯大吃一惊,露出了怀疑的神态。他发觉凯特·阿宾沃思和那些头脑简单的人一样,生活中最大的乐趣就是闲聊雇主的八卦。

"您注意到了一些事情,是吗?"梅瑞狄斯会意地问道。"是怪事儿,可以这么说吗?"

凯特·阿宾沃斯眉开眼笑,很乐意分享这些秘密,"我,"她放低声音,"有一天晚上,在歇气的时候,看见威廉太太拎着一只手提箱从房里偷偷溜出去,在前面的草坪上和约翰先生会合。您明白,我是说威廉先生如今并没和威廉太太睡在一起,这还不是最近的事。她现在睡在北室,我的意思是,任何女人宁愿睡在那样一间寒冷漏风的房间也不与她的男人睡在一起,一定有个相当强烈的理由。"

梅瑞狄斯点头表示赞同,阿宾沃思太太突然意识到自己向一个完全陌生的人透露了秘密,连忙挺直身子,挽了挽背后的头发,抖了抖围裙,揭开了一个大锅盖,锅中食物正在老式炉灶上小火慢炖着。

她又说,"我不*知道*啊,只是*怀疑*啊。"

"可不是嘛。"梅瑞狄斯说。他拿起帽子时又补了一句,"那个闻起来真香,阿宾沃思太太。"

"必须的，先生。那是楹梓酱，照着我亲爱的老祖母的食谱制作的，她可是个贤惠的老妇人，去世再晚一天就96岁了。好吧，工作愉快，先生。"

梅瑞狄斯朝停车的地方走去，但没有再次见到珍妮特·罗瑟。他爬上车，朝村里开去，一路都在琢磨。凯特·阿宾沃思主动提供的信息激发了他的好奇心。例如，他想知道那个女孩被传在草坪上遇到约翰当天晚上为什么拿着手提箱，第二天早上她显然是在乔克兰吃的早餐，那为什么要用到手提箱呢？阿宾沃思太太的言下之意不是说威廉怀疑妻子不忠，所以她不可能是和约翰一起过了夜。而且，如果珍妮特和约翰第二天早上没来吃早饭，管家们绝不会错过八卦的机会。那她到底为什么要去草坪那里？梅瑞狄斯叹了口气。他认为，这是她对约翰的痴情，是偷尝禁果的魅力。他想知道失踪的男子到底是爱上了那个女孩，还是仅仅出于身份应付着她的痴情。也许奥尔德斯·巴尼特对此事有所了解，他决定在接完当地警察局的几通电话后立即拜访利奇波。

随后，他有条不紊地联系了沃辛、普尔伯勒、斯泰宁、斯托灵顿和阿兴顿的警察局。他指出有必要追踪来自罗瑟窑的每一粒石灰的下落。当地警察局需要联系相关建筑商，仔细筛查所有石灰库存。如果有些石灰已经分袋发往工地，则应前往相关工地，询问工人是否在所用的石灰中发现了骨头或骨头状的物体。相关报告应第一时间发送给刘易斯。随后，他将来自华盛顿的警员送到牧师的住所，这里将在南面安装一扇新凸窗。一位名叫西姆斯的当地建筑工人正在进行这项工作，而华盛顿警员则要与这名工人取得联系，对整个院子里的石灰进行筛查。

梅瑞狄斯精心安排好了下属的工作，感到颇为满意，便驱车驶过村里蜿蜒起伏的主道，经过当地的商场和学校，停在标有"利奇波"字样的白色大门前。

他向女仆说明了自己警察局警司的身份，随后被带进了一间狭长低矮的房间。几分钟后，奥尔德斯·巴尼特出现了。他个子很高，有点驼背，面色苍白，戴着角质镜架眼镜，看上去就是知识分子的样子，大约55岁。

"我们素未谋面，但我听说过您。"他伸出手说道。"福里斯特少校是我的老朋友。他在技术方面给我的侦探小说提供了许多帮助。请坐吧？"

"谢谢您，先生。"梅瑞狄斯坐入一把大棉布印花椅。"如果您现在不太方便，我是不想打扰您的，但事关约翰·罗瑟先生的失踪案。我现在正在侦查。"

"这事倒霉透了。"奥尔德斯·巴尼特摇摇头咕哝道。"倒霉事，是吧？我知道询问警察机密信息并不合适，可是，请告诉我，这案子有进展了吗？我只知道已经披露的那些细节。"

"我们还没有把握……所以我来找您。您是约翰·罗瑟最好的朋友,不是吗?"巴尼特点点头。"那您对他的私事有所了解吧。"

"了解一些,是的。"巴尼特谨慎地承认。"他是个守口如瓶的家伙。您想了解什么?"

"那,"梅瑞狄斯假装不情愿地继续说道,"您知道——一个人被迫成为众人瞩目的焦点和人们话题的中心是什么感觉。我们经常听到很多令人不快的八卦——其中大多数是假的。所以,巴尼特先生,我现在来找您就是信赖您的信息。请告诉我,有传言说约翰·罗瑟与他弟媳有——就是说,有私情吗?"

巴尼特突然大声吼道:"谁跟你说的?"

"恐怕我无法回答,但这是真的吗?他们之间有什么吗?"梅瑞狄斯抬头瞥了一眼,看见对方脸上警惕的表情。"行了,巴尼特先生,对这个问题保密您也不会有任何好处。我正在调查您朋友的失踪案。为了分析这一案情,让我们假设他在西斯伯里山下*已被*谋杀,然后呢?您愿不愿意全力帮助我,主动权不是在您手中吗?"

"很抱歉,"巴尼特用平静的语气说,"您说得很对。虽然我不喜欢在光天化日之下抖露别人的家丑,但为了正义,我恐怕必须这么做。我不能告诉您太多——那是约翰生活的另一面,他完全不想多提。我只知道人们认为他和珍妮特的关系不只是……友情。他们一起在丘陵地区散步和骑马时,曾被人看见,这事儿村里人大概都知道。"

"您是说他们对这事完全不在乎?"

"不,不是这个意思。"巴尼特急忙说。"我想,只是无视别人的好奇心吧。"

"威廉·罗瑟也知道吗?"

"他当然知道。他怎能不知道?"

"却什么也没做?"

"他能做什么?没有确凿的证据,当然不至于闹翻。他确实很生气——但他和约翰一直不和的原因不仅在于这个特殊的问题,还在于方方面面。我也有种想法,就是珍妮特在这件事上是被动的而非主动的。我从没认为她真的爱上了约翰。"

"据您所知,巴尼特先生,约翰和珍妮特·罗瑟曾经在什么地方住过一晚吗?我是说偷偷溜到一家旅馆之类的。"

巴尼特的表情先是怀疑,然后变成了完全震惊。

"决不!至少据我个人所知。警司,那只是暧昧的打情骂俏,我认为您在这方面小题大做了。"

"也许吧。"梅瑞狄斯用他老练的方式表示同意。"您了解这两个人,而我却不了解。所以我才来找您。您对乔克兰的财产安排有所了解吗?"

"什么？"巴尼特怒吼道。"我有必要回答这些问题吗？"

"没必要。"梅瑞狄斯露出笑容，安慰道。"但您必须明白，巴尼特先生，如果有死因审理官询问，您可能会被传唤做证。在私下讨论罗瑟家的私事当然总比在村子里大肆宣扬更好。"

巴尼特默然接受，做出了绝望的手势。

"哦，好吧，请继续。提问是您的工作，但为什么不问罗瑟的律师呢？我想他比我更了解罗瑟的财务状况。"

"我只需要一点信息，如果您肯帮忙，将为我节省很多时间和麻烦。如果约翰·罗瑟去世，谁将是他遗嘱中的主要受益人？"

"他弟弟。"看到梅瑞狄斯的惊讶表情，他又说，"您看，虽然约翰不喜欢威廉，但约翰却无比关心家族姓氏的荣耀和财产。其实不久前我们才讨论了这一问题，所以我才知道这些。"

"财产主要包括？"

"房屋和地产，这不用说了，还有一些钱，以及大约一万英镑的投资。"

"相当丰厚的储蓄啊。"梅瑞狄斯评论着，随后，他突然话锋一转，向巴尼特问道，"听说威廉·罗瑟很莽撞，是吗？"

"莽撞？"巴尼特果断地摇头。"我得说他不容易发火，但他真发起火来就是个疯子。警司，他只是个被误解的普通人，是个理想主义者，用漠视他人的意见来掩盖自己的敏感。我了解他，当他推崇的一项原则遭到攻击时，他会用语言猛烈抨击别人，仿佛体内有个魔鬼似的。相信我，那种时候他像一位不可理喻又不得不应付的客户。我曾在地方委员会遇到过他。"

"他似乎对他哥哥的失踪感到非常沮丧。"

"我听说了。自从那个星期日以来我再没见过他。但也没有什么好奇怪的，对吧？"

梅瑞狄斯用柔和的语气说，"只有他哥失踪，传言才会销声匿迹，还有一大笔钱可以收入囊中！"

巴尼特透过角质镜架眼镜轻蔑地看着警司，用冰冷的语调说：

"你们警察局的对人性的想法太扭曲了，不是吗？要知道，无论他们分歧多大，约翰都是他的亲哥。"然后他突然说，"天哪！您是在暗示……"

"我什么也没暗示。我只是试着对事实进行适当的分析。再说，没准罗瑟又突然现身了。您为什么确定他不会？"

"没有！没有！"巴尼特急忙反驳。当女仆进入房间时，他补了一句，"嗯，什么事？"

"先生，一位警员在大厅里，表示急着想和这位警司说句话。他路过时注意到了外面的车。"

"抱歉，我稍微离开一下。"梅瑞狄斯起身，跟着女孩走进大厅。

两分钟后，他回到客厅，走到窗边。在他更仔细地检查手掌上的证物时，他请巴尼特一起参与。

"先生，如果您不介意的话，占用您一点时间。我希望听听您对某些东西的意见。请看看这些。"

巴尼特盯着这些东西看了一会儿，一块一块地拿起，在灯光下反复打量。

"怎么样？"梅瑞狄斯追问道，对巴尼特的淡定劲儿有些恼火。

"您从哪里得到这些的？"

"警员找到的。"

"它们是罗瑟的。告诉我，警司，您究竟是怎么找到这些东西的？这是什么意思？看在上帝的分上，警司，不要把我蒙在鼓里——这到底是什么意思，啊？"

"这可能意味着谋杀，巴尼特先生。"梅瑞狄斯轻轻地说，同时将这些小物件装进口袋。"我还不能给出确定的答案。现在，如果您不介意，我想以后再拜访您几次。谢谢您提供的信息——您放心，我将尽我所能对这次采访保密。"

"说到底,这是谋杀!再次核实我口袋里的这些小东西之后,这事儿就会水落石出。"行驶在前往乔克兰的陡峭的山路上时,梅瑞狄斯想,"某个人也有动机。我怀疑是……"

梅瑞狄斯再次在农舍露面时,威廉·罗瑟正在吃午餐。他走进客厅,仔细观察着威廉瘦弱憔悴的外表。

"您找我吗?"

"是的,先生。我希望您帮我辨别一下这些物品。"梅瑞狄斯在临时茶几上清出一块地方,将它们排成一排——皮带扣、细长的金属链和一个像是战争中士兵们佩戴的那种黄铜小圆片。他注意到威廉拿起各种证物仔细检查时,手像树叶一样颤抖。

最后他压着声音说:"这些是我哥哥的。他以前经常将这个圆片串进链子戴在手上。您有没有注意到,下面这里刻着他名字的首字母J.F.R.和他的出生日期?战争结束后,他用在法国捡的一个弹壳制成了这个圆片。他总是把它戴在右手腕上,我想是当作某种护身符的。"

"皮带扣呢?"

"这是约翰那天下午出发前往哈勒赫时所戴的皮带扣。他一直都穿背带裤又系皮带,这是他的怪癖。"

"您能发誓这些是您哥哥的物品吗?"

"除非每个物品都被复制得无比精确。"威廉说。然后突然整个人蜷缩进椅子,他颤抖地问道,"梅瑞狄斯先生,如果我说希望您告诉我在*哪里*找到了这些东西,或是告诉我这些意味着什么,会不会太过分了?作为他最亲近的家人,我应该知道……我准备好听到最糟糕的情况了。请告诉我,这是不是意味着……?"

他没说完的话成了一个悬在梅瑞狄斯的头上的问号。

"恐怕是的,罗瑟先生。"

威廉用手捂住疲惫灰暗的脸。"哦,天哪!"他结结巴巴地低声说,"*谋杀!*"

"我原本也不希望让您听到这样的消息,但现在毫无疑问了。很抱歉。当然了,我会让您知道警方的调查进展。这打开了一条新的调查思路,也给了我们一些必须要进行的工作。"

"有多确定呢?"在返回刘易斯途中,坐在芬登"国王盾徽"酒吧吃午餐时,梅瑞狄斯问自己。在罗瑟失踪三天后送往牧师住宅的石灰中,华盛顿的警员筛查出了皮带扣、细链条和黄铜圆片。这名警员还发现了一些更可怕的骨头,但梅瑞狄斯没有展示给巴尼特和威廉·罗瑟。骨头,越来越多的骨头开始重见天日。一到达警察局,从沃辛、普尔伯勒、斯泰宁、斯托灵顿和阿兴顿传来的消息就已经摆在了桌面上。除了阿兴顿,各地警察在罗瑟家运出的石灰中都发现了人骨,这些骨头第一时间被送往刘易斯。

梅瑞狄斯还没读完这些消息电话铃就响了,布伦金斯教授从西沃辛打来的。

"啊是的,天哪,警司。对这件事情我已经得出一条结论了。但得注意,一定要慎之又慎啊。我觉得在这种事情上再小心也不为过——我是说,如果我的证据害得无辜的人被绞死,那简直是不可饶恕的罪过。还在听吗?我的朋友?"

"在的,"梅瑞狄斯很好地掩饰了内心的不耐烦。"所以呢,先生?"

"这些骨头无疑属于同一成年男性。我用金属丝将一些可用的标本连在一起,它们构成了一根相当像样的人腿骨架。但如果有更多的骨头,天哪,是的——我就能……"

"明天,"梅瑞狄斯打断了教授的话,"您将会看到更多骨头。又多了很多。我们正在从各个来源收集。先生,我会把它们直接送到您那儿去。"

"谢谢,谢谢!太好了。那我这就展开工作,看看能否搭出您要的骨架。"

"教授,您帮了大忙了。我会和您保持联系的,再见。"

"再见,如果您允许我这么说,那么我很享受这份意料之外的工作，虽然本质上无比简单，但是有趣极了。"

梅瑞狄斯挂了电话，脑子里响起烦躁又尖锐的声音，"简单！"他想，"他的事儿倒是简单，但我又要费尽心思工作才能*推进*调查了！"

他坐在办公桌前，双腿岔开，抽着烟斗，重新回顾了证据，把案子在脑海里颠来倒去想了个遍。

首先要考虑的是动机。为什么要将约翰·罗瑟引诱到那个偏僻的地方杀害？谁会出于某种重要原因想要除掉他？梅瑞狄斯在与奥尔德斯·巴尼特的谈话中已经找出了问题的一半答案。他暗示威廉·罗瑟有两个非常强烈的动机希望他哥哥死掉时，并不是在开玩笑。而且威廉所处的位置使他完全可以将锯切后的肢体丢进窑炉。再说，他为什么如此激动？他的高度紧张必定源于某种异常，而不仅是因为失去兄长的悲伤，何况这兄弟俩对彼此从未投入太多的感情。他妻子的绝对忠诚和一万英镑——这些都是赌注。威廉·罗瑟会赌一把吗？

梅瑞狄斯又像往常一样从反面攻击了这一推断。威廉不可能谋杀他哥哥，因为没有哪个精神正常的人会蠢到把受害者的尸体丢在自己家门口。为什么要折腾一番，把尸体从犯罪现场运送回乔克兰？为什么不在西斯伯里山的金雀花灌木丛中找个地方挖个洞，然后把尸体就地掩埋？而且动机太明显了。每个人都会立即怀疑威廉，因为他们都已经知道他妻子的绯闻，也很快就会知道威廉是他哥哥遗嘱的唯一受益人。另外，整个村庄都知道他对哥哥抱有敌意。谋杀的风险不会太高了吗？

那么，还剩下谁？珍妮特·罗瑟，凯特·阿宾沃思，农场中的某个人，奥尔德斯·巴尼特……哦，该死，梅瑞狄斯想，这个名单可以无限拉长！如果威廉没有杀害他哥哥，那么凶手就可能是任何人。

他转而去分析已知事实。罗瑟被钝器（可能是扳手）击中了头部，这很容易从花呢帽内部的血迹得出判断。很显然，尸体已经被第二辆车从宾丁小道移到了某个可以将其分解和隐藏的地方，以便之后陆续丢进石灰窑。7月20日之前的3周连续干旱，所以无法提取足迹和行车路线作为证据。派克·琼斯在星期日早上9:30发现这一悲剧，所以罗瑟受到袭击的时间就在星期六晚上（假设7:00）和星期日早上9:30之间。在那段时间里，威廉·罗瑟有不在场证明吗？珍妮特·罗瑟在哪里？那天晚上珍妮特·罗瑟和约翰究竟为何带着手提箱来到草坪上？约翰·罗瑟是如何被引诱到了西斯伯里山下那个偏僻的地方？他在离开乔克兰前往哈勒赫度假的路上，把车开到了哪儿？为什么是48公里而不是7.2公里（农场与袭击现场之间的距离）？

问题！问题！全是问题！

一位警员敲了敲门，拖进来一个麻袋丢在地板上。

"从沃辛来的,警司。"

"骨头,"梅瑞狄斯想,"越来越多的骨头。我敢打赌,约翰·罗瑟从来没有想过他的尸体会被装在麻袋里扔到警察局的地板上。"

他突然站起来,伸了个懒腰,瞥了一眼手表,突然想起妻子给他的晚茶预订了一块鲜鲑鱼。这个谋杀案让他困惑不已——他饿了!于是伸手去拿警帽。

第四章

利特尔汉普顿的姑妈

在8月6日（星期二），法定假日之后的第二天，警察局对约翰·福斯戴克·罗瑟的尸骨进行了检验，死因审理官认定死者是被身份不明的一人或多人谋害。尸体的残骨散落在各处，因为尸骨出土地点不同，各地方警局曾激烈讨论验尸应该在何处进行。鉴于大部分骨头在沃辛发现，选在这里似乎合情合理。但最终教授的杰作——骨架被移交到了郡警察总局，因此在刘易斯进行了聆讯。

骨架肯定不完整，一些较小的骨头仍然没有找到，更重要的是，目前尚未发现头骨。梅瑞狄斯想不通，为什么头骨没有和其余肢体一起被丢进窑炉。毕竟，头骨是整副骨架中最能证实犯罪行为的部分，其中的任何破裂都能证实钝器击打这一行为。完整的头骨扔进窑炉后也一定会被发现，一方面是因为它本身太大；另一方面，就算是村里的傻瓜，看到头骨也能辨认出来。所以可能是凶手没办法将头骨分成足够小的碎片，而将它带到偏僻的地方埋了起来。

教授进行了有趣的研究。他在骨架的每个锯切点上都做了红色标记。这样就可以一眼看出骨头被切割成几块以及具体切分的位置。梅瑞狄斯十分惊讶，凶手相当细心、耐心甚至可以说十分高明，他将骨头分割得这般精妙，极大地降低了骨头碎片在石灰中被发现的概率。要完成这项复杂的工作需要一定的时间和安全的地点，凶手必须花几个小时才能完成。然而，梅瑞狄斯突然产生了一个不寻常的想法。于是他与警察局长谈了谈。

"局长，您认为他在哪里剥掉了死者的衣服？"

"当然是在窑炉里。"福里斯特少校大声嚷嚷。"这真是个愚蠢的问题，梅瑞狄斯！不然我们不会在石灰中找到皮带扣，不是吗？"

"不对，局长，那他的背带呢？"

"他的背带？"

"是的，罗瑟系着皮带，*还有背带*。"

"这没什么好笑的吧？我自己也经常这么做，这是悲观主义的明显特征。"

"那么，背带的金属扣在哪里呢？我们找到了皮带扣。"

"背带就不可能只用皮革和织带而不用金属制成吗？"

"有可能。那他的纽扣呢？我估计普通的外套或裤子纽扣穿过窑炉不会熔化，还有靴钉、袖扣、饰钉，可能还有领带夹。局长，我们为什么没找到这些？我想本案另有蹊跷。"

"你说的有些道理。"福里斯特少校看着梅瑞狄斯，眼中闪过无言的赞同。"你不像看起来这么傻，是吧？谢天谢地，还好你没有在死因审理官面前喋喋不休，否则我们永远都没个定论。而且我不喜欢案子悬着不清不楚。毕竟，皮带扣和圆片没有漏洞，将它们与可怜鬼的骨头联系起来的话，他的身份以及他的被害过程毫无疑问。你现在要采取什么行动？我想，你要询问威廉·罗瑟？"

"是的，局长。我得弄清楚他在那个星期六晚上和星期日凌晨做了什么。现在他的嫌疑很大，局长，您也同意吧？"

"确实，最好也找出这位年轻小姐当时的行踪。今天我在询问巴尼特之后看到了她。她看起来很聪颖，碰巧还相当漂亮。梅瑞狄斯，他们很可能是同伙。"

威廉·罗瑟和警司坐在乔克兰外的走廊上，走廊色彩艳丽，装点着粉色和红色的天竺葵。如果是一个不经意的过路人，并不会看出他们的谈话逐渐严肃甚至有些不快。

在屋子周围，一片精心修剪的高大月桂树篱把近处的一切挡得严严实实，只看得见远处海登山棕褐色的山路和后边丘陵地起伏的山坡。一辆运送石灰石的马车嘎吱嘎吱地前行，印出约30厘米深的车辙。在草坪上，一只孔雀蛱蝶在四处飞舞，马鞭草丛中蜜蜂的嗡鸣像8月午后的高温一样催眠。一簇粉玫瑰沿着走廊上的格栅生长，散发出令人躁动的香气。

梅瑞狄斯用最礼貌的语调说："当然了，您明白的，所有这些问题只是例行公事。如果您愿意，可以说这是警察的繁文缛节。"他注意到男人脸上的表情毫无变化。"首先，您能告诉我您哥哥离开这里去哈勒赫的确切时间吗？"

威廉考虑了一下，说：

"在6:15前后两分钟之内。我在他的仪表盘上看了时间。"

"他车子的时钟总是调得很准吗？"威廉点点头。"您哥哥离开后，您做了些什么，罗瑟先生——我的意思是，那天晚上余下的时间里您都在农场里吗？"

"不，"威廉说，"我去了利特尔汉普顿。"

梅瑞狄斯突然兴致盎然：

"我能问问为什么吗？"

"当然。我收到一封电报，得知姑妈出了事故，受了重伤，正在医院。"

"电报是谁发来的？"

"韦克菲尔德医生。至少，"威廉纠正道，"签名是韦克菲尔德。"

梅瑞狄斯突然问道，"您这话到底什么意思？电报不是由医生发来的吗？"

威廉慢慢摇了摇头，声音低沉地说道："警司，听我慢慢说。大约7:20，我收到这封电报，说姑妈在医院里。电报是发给约翰的，但他不在，我自然就打开看到了信息。随后，我立刻以最快的速度开车前往利特尔汉普顿。我到达医院时，没有人知道我姑姑的信息。后来，我打电话给我不太熟悉的韦克菲尔德医生，他断然否认自己发过这封电报。到达姑妈的公寓后，我看到她安然无恙，健康状况比从前还好。我和她聊了聊天，之后开车回来了。从那时起到现在，我都不知道是谁发了电报，为什么要发那封电报。"

"电报您还留着吗？"梅瑞狄斯焦急地问。

"留着呢——在我钱包里。您要看看吗？"

梅瑞狄斯说了声谢谢，拿着这张纸条，仔细地研究了起来。上面写着：*您姑妈因意外受重伤，请速来利特尔汉普顿总医院——韦克菲尔德*。该电报在晚上6:50递交到利特尔汉普顿邮政总局，在7:03发送到华盛顿邮局。

"您介意我拿着吗?"

"完全不介意。"威廉对此毫无兴趣,自然同意了。

"电报什么时候到您这里的?"

"我想大约是7:15。您可能已经注意到了,电报7:03到达华盛顿。然后,送电报的男孩只能骑车到这里。"

梅瑞狄斯迅速做了记录。

"那您什么时候开车离开的?"

"哦,大约10分钟后,如果没记错的话,是7:20~7:25。"

"谢谢。您去利特尔汉普顿走的哪条路?"

"最近的路线——在到达芬登之前右转,然后前行通过昂姆林。"

"路途中您可曾停下?"

"停过,因为要加油我直接开到了芬登。我在克拉克的汽车修理厂加了9升汽油。随后我倒回刚才提到的岔路口。"

"这是您自己的车,对吗?"

"是的,一辆莫里斯·考利。"

"您记得自己几点到达利特尔汉普顿的吗?"

"记得——正好8点。"

"您离开的时间呢?"

"9点之前的某个时间——但我不确定。"

"回到这里呢?"

"10点,快10点——说不准。"

"您回来的路上没停过车吗?"

"没有。"

"您完全不知道为什么会收到这封假电报?"

"对,毫无头绪。"

"我想,您回到家后就直接睡了吗?"

威廉说:"喝了一杯,看了看报纸之后,就睡了。"随后冷冷地补了一句,"我确信我妻子和阿宾沃思女士都能证实我上床睡觉的时间。警司,恐怕您得相信我,卧床休息之后,我直到周日早餐后才出的门!"

梅瑞狄斯放声大笑。

"哈哈,先生——无须采取这种态度来对待这个再正常不过的盘问。我也会对您妻子和凯特·阿宾沃思进行同样的盘问。您妻子知道这封电报吗?"

"当然。"

"对了,"梅瑞狄斯离开躺椅,敲着烟斗说,"您从利特尔汉普顿回来时也是走的同一条路吗?"

"是的。"

"好了,罗瑟先生,谢谢。谢谢您提供这些详细信息。您知道,没有任何证据与谋杀案无关。举例来说,如果我没有询问您这些常规问题,那么我就不知道这封假电报。"

"您认为这电报可能与这一悲剧有关？"

"如果没有，就奇怪了，不是吗？"梅瑞狄斯面带微笑，闪烁其词地回答道。"现在我能和您妻子简单聊聊吗？"

珍妮特·罗瑟出现在走廊上，坐进丈夫腾出的躺椅。和梅瑞狄斯上次见到她相比，现在的她似乎已经恢复了正常的肤色和活力。她对盘问毫无异议，并且似乎已经准备好要详细回答警司提出的所有问题。然而，她的证据作用不大。似乎只有两点与梅瑞狄斯的调查直接相关。第一，她认为，威廉直到晚上10:30才从利特尔汉普顿到达乔克兰。第二，约翰离开后，她步行去了钱克顿伯里环，直到天黑后才回到农舍。她说，大概是9:45。她说这样的长途行走对她来说很平常，她钟情于散步，也沉醉于丘陵的景色。随后，梅瑞狄斯索要了约翰·罗瑟的近照，就结束了和她的对话。

凯特·阿宾沃思在厨房里，梅瑞狄斯就着一杯浓茶和一片自制蛋糕与她聊了起来。她记不清准确时间。"约翰先生离开的那个不幸夜晚，威廉先生回来了的。"可能是在10:00或10:30了。但她记得，她家女主人是在9:30的钟声之后进屋的。全职女佣朱迪6点离开，她没有在房里"过夜"，所以阿宾沃思太太并不认为"她能提供任何证据，或者讲出能*作为*证据的内容，无论如何，她是个蠢女孩，和屋子里的笨蛋一样"。

"您看见约翰先生与罗瑟太太在草坪上是哪天晚上？"

"周六。"凯特·阿宾沃思迅速回答。

"是的，"梅瑞狄斯微笑着说，"但是哪个周六？"

"埃姆的腿在阿伦德尔受伤时是周四，就是那周的周六。那天早上我收到了妹妹的来信。先生，埃姆是她的大女儿，有点淘气。她在爬上牛棚顶时，檐槽从脚边滑开了。还好她没有……"

"确实，"梅瑞狄斯插了一句，"但那是哪一天？"

"哪天吗？现在我记不清了。不过玛莎的信我还放在书包里。她写的信我都留着，因为她写得很有趣，就像一本书一样，让我笑得肚子疼……"

"那封信在您手边吗？"

凯特·阿宾沃思走近了一个餐具柜，上面放着一个黑色大手提包。在匆匆翻完包里塞得满满的东西之后，她抽出了这封信，将其交给了梅瑞狄斯。他瞥了一眼邮戳——7月12日。匆匆一算，他想到12号是星期五，这封信于7月13日星期六送到阿宾沃思夫人手中。那么，约翰和珍妮特·罗瑟之间的这次夜间秘会发生在约翰出发度假前一周。

他接着说，"您确定罗瑟太太手里拿着手提箱吗？"

"是的，先生。那晚月亮很亮，我清楚地看见她把箱子给他，看得像白天一样清晰。"

"您怎么会恰好看着窗外？"

"先生，我的神经痛不时发作，思考一件事情时，我总是把手放在口袋里。"

梅瑞狄斯觉得是时候结束谈话了，感谢管家提供的那杯茶后，他跳上车前往芬登。

现在威廉·罗瑟的嫌疑更大了。那封假电报显然是他拙劣的计谋，用来作为谋杀案的不在场证明。假定他去了利特尔汉普顿，前往了医院，拜访了医生和他姑妈；但是在他离开利特尔汉普顿到他抵达乔克兰期间，他实施了谋杀。那是他不确定的两个"时间点"，他妻子的证据倾向于证明他到达农场的时间*晚于*他本人认为的时间。也许他的姑妈能够更准确地说出他离开公寓的时间。威廉认为他离开时大约9点了。珍妮特·罗瑟称他直到10:30才回到农舍。因此，从沿海城镇到乔克兰，他大约开了一个半小时。

梅瑞狄斯把车停到路边，在车门处摸出自己的辖区地图。他用钢卷尺，仔细地量了量距离。最多20公里！一个半小时才20公里？太不可思议了，简直荒谬！威廉已向他保证，他返程时开的是最近的路线，而且未在中途停下。

梅瑞狄斯感到了一阵满足，这种感觉常常在模糊的问题逐渐明朗时产生。如果他能确定约翰·罗瑟遭到杀害的时间,那他就能把问题分析透彻。希尔曼车仪表盘上的时钟显示,罗瑟在6:15分离开了乔克兰。随后,他出于某种未知原因在某个地方行驶了约48公里,才到达了西斯伯里环形山下的地点。梅瑞狄斯并不能把一切都算到。罗瑟可能在48公里*途中*的随便某个地方停了一两个小时。又或者,他可能已经到达了他最终的会面地点,在那儿等了几个小时,凶手才露面将其杀害。还有可能……

梅瑞狄斯心跳突然加快,热血直冲耳膜,他一下子兴奋起来,把脚踩在油门上。傻子!迟钝的傻子!年纪大了,不中用了!竟意外地漏掉了这点!他可以想象,如果福里斯特少校那个老头知道了这愚蠢的短视行为,会多无情地鄙视自己。

希尔曼车仪表盘上的时钟是准的。罗瑟在车上做出最后的挣扎时,仪表盘被砸坏了,梅瑞狄斯现在才想起来,仪表盘上的时钟没有发出嘀嗒的声音。这意味着——*时钟停在了谋杀发生的那一刻!*

到达芬登后,他停在克拉克汽车修理厂,约翰·罗瑟的车自从被派克·琼斯发现后,就一直停在那儿。但在检查汽车之前,梅瑞狄斯需要了解另一点信息。

克拉克认出了警司,向他行了触帽礼。

"您好,警司。需要什么帮助吗?"

梅瑞狄斯点点头。

"克拉克先生，我想了解一点信息。我听说，罗瑟的希尔曼车在西斯伯里山下被发现的前一天晚上，他弟弟威廉·罗瑟曾到您这里加过油。"

"是的，警司。他来过。他说他要去利特尔汉普顿，他的姑妈在那儿出了意外。我加了9升油之后，他开车回到路上，在昂姆林-利特尔汉普顿处转弯。您可以从这里看到那个转弯——大约在90米开外的地方。"

"那时几点？"

克拉克想了想，用一根食指搔了搔头发。

"7:30~7:40。"

"谢谢，现在我可以看看罗瑟的希尔曼吗？还在这儿，是吗？"

"对，警司——这边请。虽然威廉先生安排我们修理前风挡玻璃和仪表盘，但我们还没有开动。最近有点忙。总是碰到假期。"

"谢天谢地。"梅瑞狄斯暗自庆幸，跟着克拉克进入一间波纹铁皮大车库走到了停那辆车的角落。如果克拉克已经修复了损坏的部分，扔掉了旧表盘，那就太崩溃了。

他二话没说，直接将头伸进驾驶座旁打开的窗户，目光停留在那只破损的钟面上。凑巧没有受到任何损坏的指针恰好停在了9:55。晚上9:55！什么时间点会比这更符合凶手是威廉的推断呢？如果他要选择一个时刻来洗清自己的嫌疑，无论如何都将是在10点前的5分钟内！这是否意味着现在是时候实施逮捕了？

第五章

穿斗篷的人

"很好,"福里斯特少校说,"但是谁发的电报?威廉本人在乔克兰,他做不到。说明他在利特尔汉普顿还有个帮手,不是吗?"

"那位姑妈或者韦克菲尔德医生。"梅瑞狄斯说。

"有可能,但我们应该会立即怀疑到他们,所以这事儿有风险,而且,本地人应该都知道他们,那他们在邮局的时候就可能被工作人员或其他什么人认出来。不,我亲爱的伙伴,我怀疑在利特尔汉普顿有某个不知名的人帮了他,这人也许穷困潦倒,拿钱办事,却不了解威廉的犯罪意图。那个头骨呢?发现了吗?"

梅瑞狄斯摇了摇头。

福里斯特少校停了一下,抽了口烟斗,着急地说:"你知道吗,梅瑞狄斯,你跳得有点过了。你还没有找到头骨来证明伤口类型，就假定罗瑟是被钝器所杀，那为什么不是枪杀或刺杀？"

"局长，不是枪杀。"梅瑞狄斯纠正道。"在罗瑟失去知觉之前，汽车上显然有过一段时间的猛烈打斗。您还记得驾驶座上确实有血迹吧？而在这样的短距离上，枪击会导致立即死亡。特别是罗瑟似乎是头部受伤，就更不可能是枪伤了。刺杀倒有可能，但如果真是这样，凶手的活做得也太差了。用刀一般是捅心脏或脖子，可不是扎脑袋，我说得还清楚吗，局长？"

"当然，但我不完全同意。现在这个可怜家伙的死因还没那么重要。我只问一句，如果你的'钝器'推论正确，那么应该就有可能找到这种钝器。你现在怀疑威廉·罗瑟在从利特尔汉普顿回来的途中谋杀了他哥。那他很有可能会用扳手或锤子之类的东西，是吗？"

"我是这么推断的。"

"然后他将哥哥的尸体放在莫里斯·考利车上，例如放在后座，用车毯盖上，驱车回到农场，将尸体隐藏在某个地方，之后将其分解并零碎地放到石灰窑里。"

"就是这个意思，局长。"

"那他的车呢？你检查过了吗？垫子和车上一定有乱七八糟的东西。还有——威廉的衣服上呢？他能把尸体扔到车上而自己衣服上却不沾血迹吗？别忘了，他回去就直接进了屋子,喝了一杯,读了报纸,然后就上床睡觉了。他没法换衣服,因为他的妻子会注意到,而且还要说上几句。男人在上床睡觉前半小时左右通常是不会换衣服的。"

梅瑞狄斯看上去有点郁闷。

"您认为我的推论没道理吗,局长?"

"梅瑞狄斯,你的推论有一部分是合理的。这样想——根据你的说法,威廉有1.5小时从利特尔汉普顿赶到乔克兰,开到西斯伯里山下,谋杀他哥哥,将尸体放上车,再转移到农舍附近的安全隐蔽之处,接着把那辆车停到车库,再将后座和他自己身上所有血迹清除。他得手脚多麻利才能做到这一点啊,对吧?清除血迹也并不轻松,你觉得呢?"

"那么,看起来——"梅瑞狄斯不高兴地说。

"似乎威廉·罗瑟不是凶手。"福里斯特少校总结道。"我是说,*看起来*是这样。但不排除将他作为犯罪嫌疑人。我只是说目前实施逮捕还不成熟。"

"局长,那您现在有什么建议?"

"去见那个姑妈,找韦克菲尔德,调查利特尔汉普顿,检查那辆莫里斯·考利。在农场所有外屋仔细找找,看看是否可以找到死者被分尸的地点。这些够吗?"

"足够了。"梅瑞狄斯大笑。

福里斯特少校把手放在警长的袖子上。

"亲爱的朋友，看在老天的分上，别灰心。我们经历过比这复杂得多的案件。在我看来，你只能以一种方式应对困难的调查。"

"局长，什么方式？"

"狗拿耗子，一点线索都不放过的方式。"

虽然得到局长的鼓励，梅瑞狄斯这一天却疲惫不堪，又一无所获。早上10点左右，他离开了办公室直奔乔克兰。幸运的是，威廉·罗瑟被一位朋友带去普尔伯勒谈生意，他的妻子则乘公共汽车去了沃辛购物。如此一来，他得以在不为人注意的情况下搜查农场的外屋并检查莫里斯·考利汽车。可三个小时后，他不得不承认，汽车和外屋似乎都不可能提供任何线索。威廉汽车后座的垫子及其周围都井井有条。没有迹象表明垫子和车上有过血迹，在农场附近的牛棚、马厩、粮仓和谷仓中，他也没有发现任何引起他怀疑的东西。

紧接着，他驱车前往昂姆林，用过午餐后，又驶向利特尔汉普顿，到达那里的时间约为3:30。韦克菲尔德医生正在他的办公室里忙着给病人看病，但一抽出身来，他就欣然向警司提供了他想了解的所有信息。但还是没有什么用处。那晚8点后不久他见过威廉。医生对电报毫不知情，只认为这是一种过火的玩笑。他定期检查埃米莉·罗瑟女士的健康状况，但他说，她比同样七十多岁的老人更加硬朗有力。之后，他把埃米莉·罗瑟住所的地址给了梅瑞狄斯，向他保证，老太太下午从不外出。

埃米莉·罗瑟女士以完全得体的态度接受了警司的来访。她笔直地坐在她的高背橡木椅上，面前摆着小茶几，招呼梅瑞狄斯坐上座位，让女仆再上一个茶杯和茶碟。之后，她在耳朵上放了一只令人望而生畏的喇叭，用刺耳的声音问梅瑞狄斯他想知道什么。

"关于您侄子7月20日（星期六）到此处拜访您的事情。"梅瑞狄斯用同样刺耳的声音回答。

"行了！行了！"埃米莉女士喊道。"没有必要大喊大叫。只要您用正常音量说话，我就完全能听到您的声音，谢谢。"

梅瑞狄斯急忙道歉。

"他那天晚上几点到的？"

"啊？"

梅瑞狄斯提高了音量，重复了这个问题。

"行了！亲爱的警官，*请小声一些*。他什么时候到的？*谁*什么时候到的？"

"您侄子。"

"约翰？"

"不，威廉。"

埃米莉女士说："对了，他们告诉我约翰因为健康问题出国去了。您知道吗？"

"不知道。"

"我觉得这有点好笑——约翰身体那么好，他健壮结实、面色红润。现在，如果是威廉……"

"他是在7月20日星期六拜访您的，是吗？"

"他出国后身体状况如何？"

"不，不，"梅瑞狄斯反对道，"我是说威廉。"

"他没有出国。出国的是约翰，威廉不久前来看望过我。"

"在7月20日那个星期六？"

"是吗？你们警察似乎什么都知道。您对别人的事情这么了解，真是厉害。"

"或许您的女仆可能还记得那天的事？"

"你都知道了，为什么还要问她？太蠢了。"

"我不知道，夫人。我刚刚那是个问句。"

"好吧，您怎么不早说啊，非要故作聪明。作为警察，您可不太聪明，不是吗？我想现在你们大多数都念过大学吧。您是学士吗？"

梅瑞狄斯心里想："我看我倒像娶了她的已婚男

士①。"他提高了音量,哄着她说,"拜托啦,罗瑟小姐,现在我得请您回答这三个问题。首先,您的侄子威廉·罗瑟是否在某个星期六晚上拜访了您?"

"对。我已经跟你说过了。"

"但您确定是星期六吗?"

"我和您一样肯定,年轻人。不知道哪个疯子竟然敢给威廉发电报说我进医院了。我猜是那个傻瓜韦克菲尔德医生。您知道,他很爱喝酒。前几天我当面问他的时候他又矢口否认,但是男人醉酒之后说的话不能当真,您也不会信吧?我一直坚持一点——在我将死时,一定要死在我的床上,*绝*不能死在医院的病房里。"

"您侄子什么时候到的?"

"8:17。"埃米莉女士回答之迅速令人惊讶。

"您这么确定。"梅瑞狄斯微笑着说。

"年轻人,我现在还看得清表。你以为我已经老糊涂了吗?在威廉进来前,我碰巧看了钟。"

"他离开时,您也看时间了吗?"

"没有,我才没看。"埃米莉女士得意地说。"但是威廉看了手表,说他该走了。"

"我想您不知道……"

---

① 为实现原文 B.A. 与 B.F. 的幽默效果,将该词翻译为"已婚男士",从而与前文"学士"对应。

"噢，我当然知道！"埃米莉女士得意地反驳道。"在我侄子离开之前，圣斯威森教堂9点的钟声刚好响起来。警长，我可不像你以为的那样蠢。不，不，别反驳了。你人不错，但太傻了。我一直不理解为什么外国人这么把我们国家的警察当回事。要不要再来杯茶？"

梅瑞狄斯咒骂着自己在这儿浪费了太多宝贵的时间，带着一肚子气回到了刘易斯。埃米莉·罗瑟女士已经确定了侄子离开利特尔汉普顿的时间，但是9:00到10:30这一关键时期呢？熟悉威廉·罗瑟的人会在路上认出他吗？例如，在他从芬登开上宾丁小道之前？他应该在晚上9:20左右到达芬登，之后在9:45~10:15之间的某个时刻带着他哥哥的尸体经过芬登返回农舍。想清楚之后，他伸手拿出电话，立刻拨通了芬登警长的电话。

"听我说，罗德，我有一些例行工作要安排给你。对，是为了查清罗瑟案。我想让你了解一下你当地的居民是否在7月20日晚上9:20~10:15看到过威廉·罗瑟经过芬登或宾丁小道。什么？他的车吗？不，是一辆莫里斯·考利，车子有些旧了，车身呈深蓝色。听清了吗？好。尽快给我反馈，好吗？"

就在梅瑞狄斯准备挂断电话时，电话那头警长的声音又让他重新拿起听筒。

"稍等一下，警司。我刚好也想和您谈谈。"

听到罗德声音中透露出微微的激动,梅瑞狄斯的兴趣突然来了。

"谈什么?有新消息吗?"

"是。"

"重要吗?"

"我认为很重要。您知道一个叫作猎犬橡树农场的地方吗?"

"从没听说过。"

"离宾丁小道不远。今天下午,本地警员碰巧在猎犬橡树农场与牧羊人聊了几句。他似乎去宾丁借过一些急需的金属丝网。在返回猎犬橡树农场的途中,有个人突然从蜿蜒的林中小路冲出来,根本来不及拦住他就跑没影儿了。"

"这是什么时候的事?"

"7月20日晚上。"罗德郑重其事地说。

"好,继续。"

"牧羊人叫迈克·里德尔,起初他以为那人是偷猎者,就喊那人停下来,但那人一点反应都没有。在那人穿出树林的时候,迈克跑得够快,在开阔的丘陵地看到了那人一眼。您记得那天晚上有一点月光吗?"

"那时几点?"

"迈克估计是10点。"

"我知道了。然后呢?"

"然后,警司,迈克注意到一两件小事似乎说明那人不是偷猎者。一是他拿着一只公文包,二是他身穿一件斗篷,头戴一顶宽檐软帽。"

梅瑞狄斯全神贯注地听着,然后放声大笑。

"天哪,兄弟,这身搭配听起来完全是奇装异服!您确定这个叫里德尔的家伙说得对吗?"

"他发誓他没说谎。就是因为那个人穿得太奇特了,他才偶然向今天的警员提起这事儿。当然,迈克并没有将这与罗瑟案联系起来,因为今天才公开了调查的细节。我的意思是他今天才知道约翰·罗瑟被谋杀了。"

"是的,我明白。现在我们来捋一下。这条小道连接了宾丁农场与猎犬橡树农场,是吗?"

"就是这个意思。小路从农舍前的宾丁小道起,穿过一片树丛,向上一直延伸到开阔的丘陵地带,尽头在猎犬橡树农场那道坡往上一百多米的地方。"

"如果那个家伙经过猎犬橡树农场,之后会到哪儿呢?"

"这几公里都是开阔的丘陵,他们称之为帕克布劳。之后,如果他继续直行,会到达斯泰宁或布兰贝尔的某个地方。"

"非常感谢,罗德。"梅瑞狄斯用官方的语调说,"这对我们可能有用。请让里德尔写一份签名证词,然后寄到我这儿。也别忘了我安排的另一项工作。再见。"

梅瑞狄斯放下听筒的那一刻，静静地坐在那里，全力思考着。这个奇装异服的人晚上10点钟出现在孤零零的路上究竟要干什么？是的，就在谋杀案当晚，就在距离约翰·罗瑟被害的地点不远的地方，而且为什么要拿着公文包？

梅瑞狄斯脑中突然冒出一连串问题。这个穿斗篷的人是威廉·罗瑟的同伙吗？是他在威廉开车来将尸体带回农场之前就杀了约翰吗？约翰·罗瑟是不是可能在傍晚很早就到达了西斯伯里环形山下，随后受到了这位不明男子的袭击？假设公文包中装有一套外科手术器械和一大张橡胶垫，那么凶手可以将垫子铺在金雀花丛中，在威廉来到现场之前就完成肢解和斩首等可怕行动。真乱！前往利特尔汉普顿的时候，威廉的汽车后座上可能就放着有金属衬里的木行李箱，用来盛放这些令人毛骨悚然的尸体！威廉离开前往利特尔汉普顿时并没有人看到。那时他的妻子正在钱克顿伯里环散步，凯特·阿宾沃思也几乎不会折腾着陪主人去车库。然后呢？他可以到宾丁小道某个偏僻的地点，将尸体装进金属衬里的行李箱中，随后立即开车返回乔克兰。他难道不能那天晚上再冒险出门，从车上取出行李箱把它藏回卧室里？或许甚至将一部分尸体直接放进石灰窑？之后几天晚上他可以偷偷溜出门，直到完全清空行李箱。

梅瑞狄斯越来越高兴了，"这下可以消除老头子对时间因素的质疑了。"他想，"这样，威廉就能轻易在一个半小时内将西斯伯里的尸体运回乔克兰。"

他又想，"那时钟呢？时钟指示的时间又怎么说？"时钟停在9:55。仪表盘是穿斗篷的男子在残忍分尸之后，逃走之前才故意砸坏的吗？这个想法与迈克·里德尔在前往猎犬橡树农场的路上看到该男子的时间刚好吻合。砸碎仪表盘的时钟就可能掩盖从犯罪现场到里德尔见过他的地方这段距离。或许穿斗篷的男子策划了整场谋杀，企图混淆警方调查的视线。

"还是推论，"梅瑞狄斯谨慎地想，"但是一个合理的推论。"

根据罗德的说法，如果该名男子继续沿着原路直奔丘陵，他最终会到达斯泰宁-布兰贝尔区。因此最好还是看看该地警察在当晚深夜是否注意到有人的特征与这位不知名男子的相符。随后，他打了个电话到斯泰宁，要求那里的督察询问下属，之后向刘易斯报告。

紧接着，他拿过便签本，垫好吸墨纸，写出了以下内容，添加到沃辛和西萨塞克斯郡的全部文件中。

如有人于7月20日（星期六）下午6点至午夜，在西斯伯里环的方圆8公里范围内，看到过一名身穿斗篷、头戴宽檐软帽、手提公文包的男子，请联系刘易斯萨塞克斯郡警察局或附近的警察局。

写完后，梅瑞狄斯将车停进警察局车库，带着更加乐观的心情，回到了他在阿伦德尔路的家中。

他17岁的儿子托尼在茶几旁用准确的术语解释了约翰·罗瑟被谋杀的过程和接下来值得深入调查的线索，还问能否将那顶沾满血迹的帽子（如果梅瑞狄斯不需要的话）收入他的新建的犯罪博物馆中。

第六章

峰回路转

当晚,华盛顿"钱克顿盾徽"酒吧里聚集了一大群老主顾。聊天的主题只有一个——约翰·罗瑟谋杀案和昨天死因审理官在聆讯中的结论。晨报关于谋杀案的报道冗长啰唆,放了很多图片,出于某些不相关的原因,还配了一张钱克顿伯里环的照片。围绕主题,聊天又发散开来。有人向警察提出免费的建议,有人阐述各种推论,人们点头对形形色色可疑的事实表示赞同,还有人提起约翰和威廉的传闻。人们举杯预祝早日逮捕凶手,将凶手绞死,用唾沫星子把他淹死,因为所有凶手都应该被绞死。似乎在"钱克顿盾徽"酒吧里,人们对死刑的威慑力毫无怀疑。

"正确合理的做法是,血债血偿。"老加格·布彻对眼前聚在一起的支持者嚷道。"就像书上写的,以眼还眼、以牙还牙,既然大家都认为约翰先生是一个难得的好人,那如果这个恶徒此刻走进这扇门,大家不要退缩,就立刻起身朝他头上来上一下子。"加格举起一杯温和苦涩的啤酒,夸张地指向酒吧大门,所有人都跟着扭过头,期待凶手进来。

结果那一瞬间门真的开了,一个瘦弱的年轻男子幽灵般地走近了这群人。他头发浓密、下巴后缩,棱角分明的脸庞上挂着好奇。一阵喝彩声迎接了这奇怪的幽灵,他在当地家喻户晓,人们直接给他起了一个土味绰号——"疯子内德"。

"快起来给他一下,加格!"

"这就是对约翰下手的人!"

"内德,最好承认你做了这事儿,警员一直在找你,就是你干的。"

内德站在此起彼伏的欢声笑语中看着这群人,听着他们的喧闹,只是笑而不语。他习惯了充当笑料,不但不多想,还为能娱乐大家感到自豪。

"你们胡扯什么呢?"

"内德,可别说你现在还不知道,"老加格说,"你可能头脑简单,但没那么简单吧。"加格对酒吧其他人眨眨眼。"我认为你知道是谁做的,内德,是吗?"

"我当然知道!"内德争辩着,慢慢点头来增强说服力。

"哦,然后呢,内德?"

"是她。"内德十分简洁地回答。

"那么,她是谁呢?"

"威廉先生的老婆。"

内德说完,人们哄堂大笑。而他在地上蹭着脚,挑衅般地看着一个个村民。

"我告诉你们,我真的知道。我看到她把那些尸体放进窑炉里。就在牧师组织惠斯特牌会那晚。"

"那你看到什么了,内德?"

"我看见威廉太太出了家门,手上拎着一大包东西往乔克兰走。"

老加格嘲讽地说,"那包里是肢解了的尸体,是吗,内德?"

内德坚定地点了点头。

"如果不是为了将尸体放在窑炉里,她为什么会在午夜之后出门?"

人们公认受过良好教育的聪明人——乡村面包师汤姆·戈尔兹插了一句:"内德所说也许有些道理。女人午夜之后带着包裹走出家门,确实奇怪,搞得好像能寄出去似的。内德,你确定是包裹,不是猫吗?有必要从这种角度想一想。"

内德固执地坚持着自己的说法。

面包师继续问:"你怎么那么晚才回家,内德?"

"牧师让我留下来收拾一下。惠斯特牌会后场地乱七八糟,烟斗里的烟灰撒得到处都是。所以我留下来扫地,将椅子归位。我弄完走上大街时,已经12点多了。"

"她看见你了吗,内德?"

"没有,我一直躲着呢,她朝窑炉走去,我才心惊胆战地看到她把一包尸体夹在手臂下。"

"嘿!内德,稍等一下!惠斯特牌会在上周四。今天早上的报纸才报道了细节,你当时怎么就知道那是尸体?"老加格脸上洋溢着胜利的神情,展现着自己的狡猾。"我可逮住你了,内德。哈哈!"

大概因为自己的话被质疑而有些郁闷,内德粗暴地回答:"我*猜*那些是尸体。"

然而,对于内德的坚持,汤姆·戈尔兹似乎持更为谨慎的态度。他意识到,无论包裹中是什么,珍妮特·罗瑟在午夜之后的某个时间从乔克兰大门出来,都是一件怪事。

在整个讨论最后,他说,"我承认,内德可能看到了一些需要解释的线索。我们都知道内德在那晚*确*实看到一些古怪的东西,但他似乎可以肯定那人是威廉夫人。更重要的是,他还记得那是在惠斯特牌会那晚。我认为内德应该去找那个警员。"

"没错，他应该这样，"老加格宣称，现在完全是一种官方的语气了，"法律就是法律——内德，不能回避事实。你应该去找平警员。"

内德软绵绵地摇了摇头，后退了几步，不安的眼神中流露出恐惧。

"不，不。我不想惹麻烦！警员可能会把我关起来。"

汤姆·戈尔兹敦促道："内德，我知道他不会的。你今晚和我一起去看看警员在不在家。"

"我不想这样。"内德极度不安地回避着。

"这是一起谋杀案，内德。"老加格指出，"你欠约翰先生一份情，应该去找警员说出真相。"

内德反抗道："我还是不想这样。"

汤姆·戈尔兹机灵地说："如果你去，我请你喝一杯苦啤。"

"两杯。"老加格说。

"三杯！"查利·芬内特喊道。

"四杯！"西里尔·史密斯又加了一杯。

"我去，"内德迅速回答，"我去。"

有时内德似乎并不像表面上看起来的那么简单。

因为他的决定，第二天早上梅瑞狄斯早早就到了华盛顿。那名警员在前一天深夜致电梅瑞狄斯，警司安排内德于次日早上9:30在华盛顿警察局见面。两名警官现在坐在闷热的小房间里，里面摆放着木凳、时钟和办公桌，一面墙上还贴着警局的公告。

"这人的证据有多少可信度？"梅瑞狄斯问道。

"好吧，"平警员谨慎地说，"在某种程度上，可以说他有点傻，但换一个角度看，也并非如此。对于金钱、政治和农业等寻常事物，他头脑简单、一窍不通。另外，我认为内德没有足够的智慧来编造关于罗瑟太太的故事。他无法把惠斯特牌会和牧师要求他留下来帮忙等事实合理融进谎言。警司，总的来说，我认为内德的证据可信，虽然可能不能全信。但是，嘘！警司，现在他来了，您可以亲自问他。"

内德进入警察局之前演了一出波澜起伏的哑剧。首先，他抬头看着街道，然后又低下头，掏出一只手表，又放回灯芯绒背心里，仿佛是要往回走，他踮着脚走到了窗前，看到等候他的警察，摸了摸额头以示礼貌，咧嘴一笑，再次匆匆准备逃下坡道去。

"你好！"平警员从门口大喊。"这里有一位警官想要和你谈谈，内德。不用担心，他不会吃了你。"

内德放心了一点，往坡道上走了几步，用微弱的声音问了句，"我一告诉他我看到的事情就能走了吗？"

"当然了，内德。"

"他不会把我关起来吧？"

警员捧腹大笑。

"来吧！来吧！他人很好的。"他哄着内德，就好像在试图引诱狗狗穿过大门。"这位警官可不能在这儿等一上午呀，内德。"

内德终于放心了，走进了小房间，不用人招呼就坐上了办公椅，解开了背心的纽扣，岔开了穿着靴子的双腿。

"好，内德，"梅瑞狄斯用一种轻松亲切的语调开始问话，"我听说你看到了罗瑟太太，请问全过程是什么？什么时候的事情？"

内德再次解释了惠斯特牌会那晚的经过，梅瑞狄斯做了一些笔记，好让这个乡下人深刻意识到他证据的重要性。从一堆信息中筛选掉没有用处的部分之后，他终于得到了一些可靠的事实。7月25日，星期四，在发现悲剧4天之后，内德看到珍妮特·罗瑟打开了乔克兰的大门，朝石灰窑方向走去。在她手臂下，夹着一个牛皮纸包裹，大小相当于一只18升的篮子。内德没有跟着她走，所以不能肯定地说她去了窑炉。他估计当时是晚上12:20，这一事实已得到平警员证实。当天早餐前，平警员前往内德与其叔叔居住的希望小屋进行了确认，当晚内德的叔叔也去了惠斯特牌会，但结束后与妻子直接回家了，在家中等内德回来，他说侄子到家时正值12:30，这意味着他大约在10分钟前经过了乔克兰。

询问过程比梅瑞狄斯预想的长得多,这令他非常恼火,结束后立即离开去了乔克兰。凯特·阿宾沃思说,珍妮特·罗瑟去了斯托灵顿,晚上很晚才会回来。

"罗瑟太太的鞋子是谁洗?"梅瑞狄斯问。

"朱迪。"

梅瑞狄斯若无其事地又说:"我想和那个小女孩聊两句。阿宾沃思太太,对了,*自从约翰失踪以来,您从未见过罗瑟太太在晚上出门*,是吗?"

"从没有过,警官!"

"她的卧室是谁整理?"

"我,警官。"

"那您从未注意到房间里有异味吗?"

凯特·阿宾沃思摇了摇头。

"或者看到衣服、纸、手帕或任何东西上有血迹吗?"

"天啊,*没有*,警官!"她强烈否认。

"好,现在我想和朱迪谈谈。"

"请跟我来,她在洗衣房,警官。不过,恐怕您不会从谈话中获得任何信息。她是个笨女孩。"

相反,梅瑞狄斯发现17岁的朱迪是一位出色且聪明的证人。她之所以能清楚地记住这件事情,原因很简单:她一生中少有不同寻常的事情突然发生,在遇到这种异常事件时,她的大脑会将其精确地记忆下来,就像拍摄的照片一样清晰。她尤其注意到，约翰先生失踪后的一周内，每天早晨她家女主人的便鞋上都沾满了厚厚的石灰粉尘。借朱迪的话说："就好像她在帮石灰挖掘工挖石灰一样。"她起初以为这很奇怪，但由于她家女主人经常去丘陵散步，回来时鞋子上看起来也一样有厚厚的灰尘。另外，她家女主人并非每天都去丘陵，朱迪确定她的鞋子7天中有6天沾染的是石灰粉尘。她还确定，只有主人失踪后的一周才是这样。之后鞋子就干净得只要随手一抹就行。

梅瑞狄斯对调查的新指向非常满意，但仍深感困惑。他走向烧石灰的工人，他们正从砖拱中挖出石灰，并将其装到等候的货车上。几个简短的问题就让他得到了满意的答案。工人们每晚都会在各个拱门旁准备一堆碎石灰石和一堆"卡勒姆"粉煤，作为第二天早上的用料。工人们习惯把铲子靠在窑炉上边缘的石墙上。这儿还放着一个带壶嘴的喷壶。

"这是为什么？"梅瑞狄斯兴致勃勃地问。

"因为必须先将卡勒姆表面沾湿，然后才能将其铲在石灰石上。"

"你从哪里取水？"

"鸭塘就在附近。"

"每天都如此吗？"

工人点点头。

梅瑞狄斯感谢了他提供的信息后,迈开大步匆匆走向窑炉上方。这意外的新知识激发了新的推理途径。如果每天都将水喷在"卡勒姆"堆上,那么窑口附近的地面将非常湿润,在鞋底平头钉子踩出的脚印中找到女士粗革皮鞋印还是奢望吗?他回到农舍,径直回去找朱迪,祈祷着不要在途中遇到威廉·罗瑟而多费口舌。朱迪表示,今天女主人没有穿这双便鞋。因为要去斯托灵顿拜访朋友,她穿了一双更漂亮的鞋。而这双粗革皮鞋正在洗衣房的长凳下等待清理。

想到能在一个推论无数的案件中找到实际线索,梅瑞狄斯颇为激动。他拾起一只鞋子,急忙回到窑口,还好没被发现。他俯下身,贴着地面再次仔细地查看了已被煤灰弄黑的石灰泥。一分钟后就有了令他兴奋不已的新发现,他找到了自己一直在寻找的东西——石灰石堆边缘的完美足迹,珍妮特·罗瑟的粗革皮鞋与之完全匹配!

他想:"感谢上帝,还好7月20日以来没下过雨!如果下雨,我就错过这条线索了。"

奇怪的是,直到这时,他还是在埋怨这次干旱导致袭击现场附近找不到任何线索。现在,这里多余的水从粉煤堆底部滴下来,将石灰粉沾湿,此后石灰粉又被阳光烤硬成石膏状。因此,珍妮特·罗瑟的足迹得到了清晰定格,就好像雕塑家制作的精致模子一般。可是,唉,他只是发现了这一个脚印。

将鞋子放回洗衣房后，梅瑞狄斯决定步行前往钱克顿伯里环，之后再到芬登去见罗德。他想扫清疑惑，通过推理得出答案。他总是保持着稳定的步行节奏，认为这样有利于脑力劳动。也许这是在坎伯兰警察局任职时养成的习惯。在坎伯兰，绕着小山的漫长跋涉总能让他厘清思绪。天气很热，他装满烟斗，庆幸自己穿的是便服，然后沿着农舍后的石灰石场往前走，经过一片成熟的玉米田。很快，他来到了铁丝网围栏，这里还有一道吱嘎作响的铁栅门，在门那边，耸立着一片棕绿色的丘陵。他继续向上，华盛顿村逐渐在他左边矮林丛生的山谷深处显现出来。村庄后面的红沙坑旁矗立着一台风车，在一片松树林映衬下，北边的地平线呈现出锯齿形状。景色开阔壮丽又不失温馨。田野上有着一块块格状的田地，其间点缀着零散的红瓦谷仓和农庄，牧场之间的小路蜿蜒曲折，两旁种满了树木。

梅瑞狄斯叹了口气。他不是到那儿享受的，必须忘记满眼的景色，抛开所有声音、气味和色彩，专注于被诅咒的罗瑟案中日益复杂的线索。

此刻他比之前更迷茫了。一开始他强烈怀疑威廉杀死了哥哥，而现在有种更强烈的力量让他动摇了。首先，要考虑穿斗篷的人的怪异行为——他是此次犯罪的一部分。

其次，得分析关于珍妮特·罗瑟那令人吃惊的新证据。她与本案有何种牵连？在这个构思奇特的谋杀阴谋中，她是第三个帮凶吗？显然，尽管内德在某些方面单纯得很，但他在谋杀案发生后的那个星期四晚上一定*见过*她。同样可以肯定的是，当时珍妮特手上拎着某样东西。此外，她当时是朝窑炉前进。从脚印可以判断，她曾在窑口附近待过一段时间。最后，在7月20日之后那个星期，她鞋上的粉尘比平时要多。

第一批骨头于7月31日被发现，其余的骨头则是在7月22日至7月26日从自乔克兰石灰窑中运出的大量石灰里发现的——对此，梅瑞狄斯已从威廉的订单簿中查明。也就是说，有人连续5个晚上将部分尸体放入窑里。显然，这项令人不快的任务完成时间被延长了，只有这样，凶手的同伙才能在深夜铲起多余的石灰石和"卡勒姆"层，将常人体格的尸体藏在下面。此外，还必须保证石灰里的骨头不能太多，引人注意。

但问题还在：凶手有没有利用珍妮特·罗瑟来执行这项艰巨的任务？如果威廉是凶手，他没有亲自完成这项工作就很奇怪。梅瑞狄斯认为，无论如何，如果珍妮特牵连进来，她一定是和丈夫合谋作案。珍妮特不可能谋杀约翰之后亲自从西斯伯里运走尸体。一方面，当晚她在丘陵散步，没有作案时间；另一方面，在罗瑟的车库里没有她能使用的汽车，约翰的车在西斯伯里山下——而威廉的车则开去了利特尔汉普顿。

梅瑞狄斯停下来，叹了口气，打了个响指，再次点燃烟斗，继续往上走。在他短暂休息的时候，一个新想法突然浮现在他的脑海。

珍妮特·罗瑟和穿斗篷的人？会不会是这种犯罪组合，而威廉并未涉案呢？如果利特尔汉普顿发来的电报仅仅是为了调走威廉，帮助珍妮特神不知鬼不觉地将尸体偷运回乔克兰呢？

梅瑞狄斯匆忙从前胸口袋里掏出地图，刚好，他早上随手把它揣了进去。珍妮特可以装作离开了农场去爬钱克顿伯里环。她如果只是先朝那个方向走，而后绕道走到华盛顿-芬登路上的某个地方，也不会受到任何阻碍。她可以躲在那儿，直到看到威廉赶往利特尔汉普顿。穿斗篷的人可能一直在车上，等在距离马路远一些的某个约定地点。之后呢？珍妮特上车，两人驶向宾丁小道，在7:30之后不久到达那里。那时约翰·罗瑟已被杀死分尸。而在穿斗篷的人的汽车里……

梅瑞狄斯的思绪又进入了死胡同，于是又换了一个想法。如果穿斗篷的人有车，怎么会有人看到他走在丘陵上？如果他有车，那他当时一定要把车移出现场——这一过程难度极高，风险极大。可是，汽车对他的计划至关重要。那么，他究竟是如何做到的呢？借的？偷的？还是雇人来做的？

"我的天哪！"警司突然大叫。"为什么不能是罗瑟那辆希尔曼呢？"

一瞬间，他仿佛看到了案情全貌。约翰·罗瑟遇袭身亡，凶手将其分尸后用橡胶垫包住尸体，藏进金雀花灌木丛中。随后，凶手驾驶希尔曼接上珍妮特一同回到西斯伯里。两人将包裹在橡胶垫中的尸体扔到希尔曼前排座椅下，这样即使有多余的污迹或鲜血也不会引起怀疑。随后，在珍妮特指引下，趁威廉外出，这些可怕的尸体将被载到乔克兰，再装进事先准备的容器——也许是金属衬里的木行李箱中。珍妮特盯着凯特·阿宾沃思时，穿斗篷的人可以将罗瑟的尸体偷偷带到预定藏匿点，装进行李箱中。完成之后，穿斗篷的人驶回西斯伯里，将车留在第二天早上被发现的地方，再匆匆穿过丘陵地带逃往斯泰宁。梅瑞狄斯想，这不是刚好解释了希尔曼汽车额外使用的汽油吗？罗瑟直接去了西斯伯里，他被杀后，凶手又使用了三次希尔曼，因此车子大约消耗了4.5升汽油。梅瑞狄斯认为，行驶里程并不能完全解释多耗的5.6升汽油，因为引擎在停车时也可能一直处于运转状态，或许就是穿斗篷的人在华盛顿-芬登那条路上等待珍妮特的时候。

珍妮特·罗瑟声称她9:45就从钱克顿伯里山下来了，

她知道管家可以证实这一时间。那么穿斗篷的人一定在那之后不久就离开了乔克兰。牧羊人迈克·里德尔大约10点在通往猎犬橡树农场的路上看到了奇怪人物,穿斗篷的人可能在15分钟之内走完这段路吗?

"太乱了,"梅瑞狄斯沮丧地说,"他做不到。至少需要25分钟。"

如果珍妮特·罗瑟对她回到农舍的时间撒谎,是为了给穿斗篷的人提供不在场证明呢?也许她是在赌凯特·阿宾沃思不会看时钟。只要珍妮特到达的时间比她所说早15分钟,梅瑞狄斯的理论就能成立。在见芬登警长之前,他必须去问问这位管家。

话虽如此,梅瑞狄斯还是决定先到钱克顿伯里环,再返回乔克兰。他听说从成群的山毛榉中看出去的景色别具一格、永生难忘。他穿过一片几只绵羊正在喝水的露塘,以轻快的步伐走完了最后一千多米的上坡路程。很快,半个萨塞克斯似乎都在他的脚下,一侧是格状的田野,另一侧则是远处变幻莫测的大海。他坐在一棵巨大的银灰色山毛榉树干旁,在膝盖上展开地图,开始记录下各个有趣的地方——通向布赖顿的恶魔沟、通向北边萨里博克斯山的蓝色山脊、不远处山谷中的斯泰宁、脚下的威斯顿公园、华盛顿以及更远处斯托灵顿的星星点点的屋顶。

就在这时,几公里外,一个身穿黄色连衣裙的小女孩正爬上斯泰宁圆山寻找野花。她一脸严肃，满怀希望，期待着在几天后的年度花展上获得"野花"组一等奖。她回家的时间比父母预料的更早一些，孩子穿着古怪，头戴一顶宽檐大黑帽，瘦弱的肩膀上挂了一个黑色大斗篷，完全隐藏了她笨拙的身体。孩子的祖父坐在餐椅上沐浴阳光，一见到孩子就发出了高声惊叫，就连陶土烟斗也掉在了地砖上。

10分钟后，孩子父亲就冲上街头向斯泰宁当地警员报案。他注意到黑色布料上有铁锈色污渍，身为一名退役军人，他意识到这些是干了的血迹，再想到前一天刚好在当地报纸上读过的警情公告，他不由得心生怀疑。

梅瑞狄斯询问过阿宾沃思夫人后，他到达了芬登，早上接过警司电话的罗德收集好了这一新证据，用牛皮纸包好交给了警司。他解释了证据发现的地点和方式。

他高兴地笑着，以庆贺的口吻补充道："这下证实了老迈克·里德尔的话。"

梅瑞狄斯表示同意。他心情甚好，因为管家凯特·阿宾沃思在接受询问时坚称威廉夫人"最晚在9:30的钟声敲响之前"进入了农舍。这是不是意味着现在可以排除威廉·罗瑟的嫌疑，而珍妮特·罗瑟和穿斗篷的人才是凶手呢？

他想："真奇怪，这案子的嫌犯怎么频繁从一个人转向另一个人。再这么下去，我都要怀疑凶手是自己或是局长了！毕竟，在这些侦探故事中，总是那些最不可能犯罪的人反而是罪犯！"

"对了，"他大声对罗德说，"有没有人在20日晚上看到威廉·罗瑟在芬登周围驶过？"

罗德摇了摇头。

"只有汽车修理厂的克拉克，可您已经知道了。"

"好，我现在有了新的方向。"梅瑞狄斯解释说。"我希望您四处打听一下，是否有人看到约翰·罗瑟的希尔曼车在当晚7:00～9:30的任何时间经过村庄。驾驶员可能是里德尔在猎犬橡树农场附近看到的那个人。"

"穿斗篷又戴帽子那个吗？"罗德坏笑着问。

梅瑞狄斯笑得合不拢嘴。

"太显眼了，是吧，警长？跟我想的一样。不，我认为戴帽子又穿斗篷对我们倒是好事儿。他用这种伪装只是想从宾丁小道下行到斯泰宁。对了，斯泰宁警察局有没有反馈那天深夜在路上见过一个陌生人——就是你今天早上收集斗篷的时候？"

"没。我特意问了。"

"该死！"梅瑞狄斯说。"各条线索都悬而未决，罗德，这起谋杀案已经查了快3周了！"

第七章

陷入僵局

一回到刘易斯,梅瑞狄斯就在办公桌上发现一张纸条,上面写明局长希望尽快见到他。他压下内心的怒火,打消了早点下班用例行晚茶的想法,敲开了福里斯特少校办公室的门。

"嘿,"局长突然大声说,"有什么进展吗?"

梅瑞狄斯轻轻地摇了摇头。

"局长,简单来说,现在证据是更多了,但前景更渺茫了。"

"坐下。来点这个,把烟斗点上,和我说说最新的消息。"少校命令道。

梅瑞狄斯心里叹了口气,开始详尽报告他最新的调查成果,而局长则不时飞快地在便签上草草记下几笔。梅瑞狄斯说完,局长又默默研究了笔记约5分钟,随后站起来哼了一声,点燃了雪茄,却又更用力地哼了一声才坐回去。

"没指望了,是吧?乱得要死,是吧?复杂,是吧?"梅瑞狄斯愁眉苦脸地表示同意。"但很有趣,梅瑞狄斯。斗篷上的血渍呢?分析过了吗?"

"正做着呢,局长。我和他们说过把报告发到您这。"

"好。"局长依然精力充沛。"你现在似乎面对3个可能的嫌疑人——威廉·罗瑟、珍妮特·罗瑟和这个穿斗篷、戴宽檐帽的无名氏,对吧?"梅瑞狄斯点点头。"告诉我,珍妮特·罗瑟帮助凶手杀害约翰的动机是什么?"

"钱。"梅瑞狄斯说,"她一定是知道了她丈夫是约翰遗产的唯一继承人。"

"但是,该死,梅瑞狄斯,她爱上了约翰!巴尼特解释过,全村人都知道。"

"不完全属实,局长。"梅瑞狄斯礼貌地纠正。"巴尼特说约翰爱上了罗瑟太太,但巴尼特不确定*她*的想法。您难道没有发现,如果她在约翰·罗瑟死后受到怀疑,与约翰·罗瑟的假传闻会为她提供一个合理的辩解?"

局长承认:"当然发现了。但是为什么她要在三更半夜拿着手提箱去见约翰呢?那不仅是为了制造她爱上了他的幻觉。这个女孩根本不知道凯特·阿宾沃思或其他人会目睹这次私会,没有目击者就无助于她想要假装的迷恋。

不，梅瑞狄斯。那次密会可以理解。但是天知道她为什么要提那个手提箱。为什么呢，嗯？"

"说不准，局长。他们俩第二天早上都照例在家吃了早餐。"

"完全正确。那说明什么呢？本案不是罗瑟太太与凶手合谋，而是罗瑟太太与被害人合谋。"

"但是太乱了，局长！"梅瑞狄斯很激动。"看看我找到的反证——窑炉旁的脚印，沾满石灰的鞋子。案件发生之后她连续几个晚上出现在乔克兰大门口，还夹着一个包裹。案发当晚她还反常地去了丘陵散步。"

"确实有点怪，但不是她有罪的决定性证据。梅瑞狄斯，你之前对威廉有很多看法，甚至强烈怀疑他。现在又不怀疑他了，怎么回事儿？"

急匆匆的敲门声后，一位警员送进一张便条。

"阿林顿医生的消息，局长。"

警员离开后，福里斯特少校打开了便条，阅读了其中的内容。

"没错，是人血，梅瑞狄斯，我很惊讶，那件斗篷幸运地被发现了。虽然威廉和珍妮特·罗瑟也可能有份儿，但我还是觉得是这个身份不明的人下了杀手。可惜我们对他一无所知，也就没法了解他的动机。"

"我有个想法，局长，"梅瑞狄斯继续说，"珍妮特·罗瑟被用作诱饵，吸引约翰来到西斯伯里环形山下。也许是用一张便条安排了一次秘密约会。这样一来像约翰·罗瑟这样浪漫的小伙子一定会准时露面。"

局长表示赞同。"顺便说一句，这让我想到你的最新推论还有一个漏洞。如果像你怀疑的那样，罗瑟直接从农舍前往宾丁小道，那就大约在6:30抵达。穿斗篷的人和珍妮特·罗瑟7:30到，带走被肢解的尸体。梅瑞狄斯，你知道吗，我总觉得，凶手杀死约翰，再进行那令人毛骨悚然的分尸需要一个小时以上。布伦金斯教授搭起来的骨架上有很多个锯点。就算凶手是专家，我都要怀疑他在这点时间内能不能做完。"

梅瑞狄斯说，"顺着您的理论说下去，意思就是珍妮特·罗瑟与谋杀案无关吗？"

"对。我仍然认为你更应该怀疑凶手的同伙是威廉，而不是他的妻子。无论如何，你最好问那位小姐几个重要问题。她的回答应该会让你知道她是否有负罪感。"

"局长，我打算明天起身就去乔克兰。今天太晚了。"

福里斯特少校大笑。

"梅瑞狄斯，还想着您的晚茶呢？当你跻身五大名警探之一，报社记者保证会抓住你的晚茶不放，让它像鲍德温的烟斗一样出名。好了，我不耽误你了，你要是迟到了，你老婆会抓狂的。"

听到自己的弱点被开玩笑，梅瑞狄斯也哈哈大笑起来，尽快离开了办公楼，冲向阿伦德尔。他儿子托尼现在想出了一套全新的理论来应对案情。他在晚茶期间将理论陈述了一遍。托尼认为，约翰·罗瑟是被某国间谍机构成员"屠杀"了（用的是动物的表达），因为他秘密撰写了一篇揭露文章。案发前一段时间，托尼刚刚读了一篇类似主题的每周连载文章，内容耸人听闻。但是梅瑞狄斯隐约感觉托尼和真相的距离可能和他本人差不多。他有众多证据，内容也各式各样，但是不知为何组合在一起就都讲不通。他希望和珍妮特·罗瑟的谈话能帮助他把线索更紧密地联系起来。

第二天早上梅瑞狄斯找到珍妮特的时候，她正躺在白蜡树下的帆布躺椅上阅读小说。她对他的意外到来表现得相当平静，从盒子里拿出一支烟递给他，让他从走廊再拿一把椅子。表面看来，她似乎已经完全恢复了正常生活。所有的压力似乎都消失了，现在她已经准备好与梅瑞狄斯打交道，仿佛他只是家里的一个朋友顺便加入日常闲聊一样。

梅瑞狄斯直奔主题，提出了第一个问题。

"罗瑟太太，请告诉我，在约翰被谋杀后的那个星期四，您深夜外出去做什么？"

"深夜？"她笑着，似乎对这种突然的盘问感到困惑。

"是的，胳膊下面有个包裹。"

"哦那个呀！"她放声大笑，抽了一口烟。"我在销毁罪证呢，梅瑞狄斯警司。"

"您到底是什么意思？"梅瑞狄斯插了一句。"别忘了警察对相关人员进行的调查是严肃的。"

"当然。所以我正想告诉您真相。我不知道您是怎么发现的，我也不会那么鲁莽地问您。我只想告诉您我当时在做什么。"

她停了一会儿，看着发红的烟头，吹掉烟灰，缓慢而慎重地继续说："我想您已经听到了很多关于可怜的约翰和我的八卦？有些是真的，有些完全是夸张。不幸的是，像那些深深地爱上了一个女孩就藏不住感情的男人一样，约翰也很难做到不显山露水。梅瑞狄斯警司，我说不幸，是因为此情之下，我就是那个女孩。也许您听说过那些谣言？"

梅瑞狄斯点点头。

"我太傻了。我现在知道了。虽然我意识到这样一来我丈夫在的时候可能会很麻烦，但我对约翰的关注确实感到受宠若惊，在约翰和我在一起的那段时间里——呃，我该怎么说——在这个虚假游戏里我记了日记，那是我们所有郊游和约会的私人记录。我认为那全都只是游戏的一部分，坦率地说，我从没准备让这事超出游戏的范围。约翰可能是认真的,他有那种天性。但是我有点像是在演戏,然后坐下来享受自己的表演。您明白我的意思吗?当我得知可怜的约翰可能遭遇某种悲剧时,我担心我那本日记。在那个周四晚上我还不知道约翰被谋杀了,因为还没有进行聆讯。我当时想,如果约翰不幸*已经*被谋杀了,而有人碰巧见过我这本日记,他们会立即怀疑我丈夫出于嫉妒而犯下罪行。"

梅瑞狄斯对女孩的解释非常感兴趣,他同意地说:"完全能理解,然后?"

"然后,那个星期四晚上,我溜出了屋子,去了窑炉,烧了日记。"

"但是为什么要去窑炉呢?"

"因为在夏天,其他选择就只有厨房炉灶了,而我不想冒被阿宾沃思太太或朱迪打扰的风险。"

"我知道了。日记多大?"

"哦,通常口袋的大小。"

"那么为什么您手臂下的包裹比这大得多?"梅瑞狄斯突然说。"我知道的。您别否认。"

"我不否认,我要销毁日记,还清理了我桌上的很多私人信件,准备都一起烧掉。我把那些都用牛皮纸包好了。"

"当然,结合警方后来发现的情况,您现在意识到您当时的行动有多危险了吗?"

"当然。一开始我担心得要死。后来我开始意识到,如果我说实话,一切都会好起来的。我知道这是一个近乎不可思议的巧合,但梅瑞狄斯警司,我对您的判断有足够的信心,*知道您会相信我*。"

梅瑞狄斯微笑着,却没有一丝幽默。

"我当然会,罗瑟太太,除非我能证明事情与您所说的相反。"片刻之后,他继续说道,"那是您唯一一次去窑炉吗?"

"当然。"

"那么,您如何解释您的便鞋在之后的几天都沾满石灰粉?"

珍妮特笑了起来,半开玩笑地说:"因为这儿的农场在石灰石山上。走到哪里脚上都会沾到讨厌的石灰粉。梅瑞狄斯警司,您自己也一定已经注意到了。"

梅瑞狄斯对这一说法没有任何回答,转到了另一个问题上。

"在7月20日,罗瑟太太,您说约翰开着那辆希尔曼离开后,您步行往返于钱克顿伯里环。"

"对。"

"有人在山上看到你吗?"

"可能有人。我真不记得了。"

"如果必须要找一位证人发誓那天晚上见过您,您做得到吗?"

珍妮特犹豫了一下,看上去有些不适,然后摇了摇头。"恐怕做不到。"

梅瑞狄斯低头看了看他打开着的笔记本。

"在7月13日,也就是悲剧发生前一周,罗瑟夫人,您是否碰巧深夜在这个草坪上见到了约翰?"

"在深夜见约翰!真是胡说八道!"珍妮特发出一阵平静的笑声。"您究竟是从哪儿听到了这种说法,梅瑞狄斯警司?"

"您否认吗?"

"当然了。绝对是胡说八道。只是恶意的八卦而已。我不知道这些荒唐的谣言怎么传开的。"

"谢谢。"梅瑞狄斯说着,从椅子上站起来。"很抱歉打扰您,但这是我们的例行工作。在离开之前,我还想就一件事情了解点信息,是一件私事,罗瑟夫人。当然了,我向您保证,您不一定要回答这个问题,我之后也可以从可靠的消息来源中得到答案。(当然,这只是梅瑞狄斯无法证实的说辞。)目前,我知道您的丈夫是他哥哥财产的唯一继承人。如果您的丈夫离世,遗产会给谁?我想是给您?"

珍妮特点点头,完全被警长的谎言误导了。

"是的，除非在我不知情的情况下，我丈夫在现有遗嘱安排中附加了条款。"

梅瑞狄斯很满意本次询问给了他所期待的所有信息，他再次感谢女孩的配合，和她告别之后，坐进了停在走廊前的汽车。

回家途中，他翻来覆去地思考了所有证据，感觉陷入了僵局。他用尽了各种调查手段，而每一条线索都有一个无法克服的障碍。如果珍妮特·罗瑟一直在撒谎，那她无疑是个技艺高超的骗子。如果不是，那么怀疑必须再次转向她的丈夫和穿斗篷的人。

在阿伦德尔路吃过午餐后，梅瑞狄斯回到办公室，用整个下午处理了自罗瑟案以来堆积的日常事务。那天半夜，他躺在床上，试图从混乱的可能性中厘出某些确定的线索，他将所有线索呈现在脑海中，像真正的专家从赝品中挑选真品一样仔细核对每个细节。第二天早上，他疲倦不悦地回到警察局，随时准备对下属的细小纰漏发怒。他实在对这个复杂的调查厌烦透了。

桌上的电话铃响起，他喃喃地说："该死！"拿起话筒，大声说道："嗯，究竟怎么了？"

"找您的长途电话，警司。"值班警员平静地说。"对方拒绝报出姓名，要与您直接通话，我给您转过来吗？"

"随便你。"梅瑞狄斯咆哮着，让自己更自在地坐在椅子上接电话。

"你好，是的。我是梅瑞狄斯。你是谁？是的，我知道了。怎么了？什么！天哪，什么时候？"他不再躺在椅子里，而是突然挺直身体，心情紧张又激动，他的大脑高速运转，突然提出了许多问题，"您什么时候发现的？您亲眼所见，我知道。我想，现场什么都没动过吗？好。我会打给你们当地的警局，同时让平立即过去。嗯，我会尽快结束手头的工作。您很震惊，完全不知道会发生这样的事情吗？我必须承认，我也很震惊。完全出乎意料。好吧，抓紧时间。我会立即联系平。再见。"

梅瑞狄斯重新充满了干劲，当他挂断电话时，福里斯特少校噔噔噔地进了这间办公室，在壁炉旁占据了最好的位置。

"听我说，梅瑞狄斯——我一直在想。实际上，昨晚想了几个小时。现在头痛欲裂，该死。但是很值得。考虑到所有证据，我想，威廉·罗瑟很明显在事发之前和之后都是从犯。从证据来看，他无法摆脱嫌疑。你一定要将他列入犯罪嫌疑人名单。不，别打断我，梅瑞狄斯。你看，如果考虑到以下事实——究竟怎么了？你是坐在钉子上了吗？哎呀，老弟，你说话呀！你怎么了？"

"威廉·罗瑟，局长。"

"嗯，你同意，是吗？怀疑吗？"

"也许吧,局长,"梅瑞狄斯缓缓地说,"但我们再也无法逮捕他了。"

"你说'再也无法逮捕他了'究竟是什么意思?为什么不能?"

"因为,"梅瑞狄斯严肃地回答,"因为今天早上,在农舍的石灰石悬崖脚下,威廉·罗瑟被发现已经死了。他妻子刚打来电话。"

第八章

痛陈前非

梅瑞狄斯与局长一同到达乔克兰时，珍妮特·罗瑟正在长廊上焦急地等待着。显然，一听到警车鸣笛，她就坐不住了。她立刻上前，毫不掩饰个人情绪，一把攥住了梅瑞狄斯的衣袖。

"哦，谢天谢地，梅瑞狄斯警司，您终于来了！我一想到他躺在那里而我什么都做不了就难受得很，这打击太大了。之前，我的神经就已经够紧张了——先是约翰，现在是我丈夫。好像我们所有人都受到了诅咒。"

"冷静，罗瑟太太。"梅瑞狄斯慈祥地说道。"我们需要问您一些问题，所以您必须保持清醒。另外，介绍一下，这是我们局长，福里斯特少校。"

这个女孩很显然在努力克制自己的情绪，她和少校握了手，带着两人绕过房子来到了院内小门前，这道门通向石灰石场下方的一片荒地。他们沿着荒地走向警员和几个农场工人所在的地方。

"您什么时候发现的这起悲剧,罗瑟太太?"梅瑞狄斯在半路上问道。

"大概就是我给您打电话一个小时之前,8点吧。我不相信他已经死了,就派工人骑车去请了亨德利医生。医生检查之后,我才给您打了电话。"

"医生还在这儿吗?"

"他走了,但是说大约11点会回来,可以和您谈谈。"

"他有没有提到死亡原因?"

"只说了他觉得威廉一定是在石灰石场上面经过时,一脚没踩稳,跌下来了。"

这时,他们已经走到了人群中间,人们正在低声谈论着威廉躺在地上的姿势。梅瑞狄斯转向珍妮特·罗瑟。

"我认为您不必亲历这些,罗瑟太太。如果我是您,我会回到屋里躺一会儿。或许等会儿您感觉好些时,我们可以再谈谈,好吗?"

女孩面色苍白,神经紧绷,静静地点了点头,转过身,慢慢走回屋子。

平警官行了触帽礼,显然对局长的出现略显紧张。

"什么都没有,警司。我确认过了。"

"好。"梅瑞狄斯说完,转向那一小群农场工人。"倒霉事儿，是吗，伙计们？"

"可以这么说，警官。先是约翰先生，现在又是威廉先生。"其中一位工人回答。"我猜他是从那儿掉下来的，上面栅栏的铁丝都被折断了。您看见了吗？"

梅瑞狄斯顺着工人指的方向，看到石灰石场上方生锈的破旧铁丝栅栏上吊着几根细长的铁丝。

"好像是这样。我猜大概是意外。现在，如果你们不介意，我们私下聊聊。好吗？"

"好，警官。如果有什么想知道的，您可以在窑炉下面找我和卢克。我们正在装货。"

"谢谢。"梅瑞狄斯说。工人们互相点点头，咕哝着朝农场挪去。

"那么，局长，我们来看一下尸体吧。"

威廉·罗瑟仰面躺在那里，一侧脸颊贴在悬崖底部堆积的碎石灰石上。他一只胳膊伸直，另一只胳膊奇怪地弯向后背，脸上满是血迹，还有更多的血则浸入了他头边疏松的石灰石中。他左太阳穴有一道深深的伤口，样子相当狰狞，他穿着运动外套、灰色开领衬衫和法兰绒长裤。从尸体蜷缩在地面上的方式可以明显看出，亨德利医生认为没有必要做更进一步的检查来证明罗瑟的死亡。他躺在那里的样子表明是跌落的。

"局长？"

"嗯?"

"意外,是吗?"

"很像,但不能确定。他看起来是个敏感的家伙,梅瑞狄斯。他知道你在像调查犯罪嫌疑人一样拼命调查他,是吗?"

梅瑞狄斯给出了肯定回答。

"局长,毕竟所有的证据都对这可怜虫不利,他一定从一开始就意识到这一点。您在暗示什么?"

"自杀,梅瑞狄斯——由于害怕被发现而自杀。我们最好看看他的口袋。他可能已经为死因审理官留下了小条。自杀者的癖好,对吗,警员?"

听到局长征求自己的意见,平警员激动过头,扯着上衣衣领,吞吞吐吐地应了一声。

"感谢你赞同我的观点。"福里斯特少校微笑着说。"那,梅瑞狄斯?"

"铅笔刀、钢笔、钱包、烟斗、烟袋、火柴,几封打开的信,以及……"

"我说什么来着!"在梅瑞狄斯从罗瑟胸前掏出一个密封信封时,局长大叫。他检查信封上的文字时,又说,"这是给你的,梅瑞狄斯。感觉内容不少啊。你认为写的是什么?供认状?"

"有可能,局长。"梅瑞狄斯说着,接过信封,小心翼翼地拆开。里面是几张信纸，上面密密麻麻地打印着文字。信的最后是威廉·罗瑟的墨迹署名。梅瑞狄斯迅速看了一眼信中内容，突然看了看福里斯特少校，吹出一阵惊讶的哨声。"啊，局长，不仅如此！这不仅是供认状，其中详细描述了犯罪过程。我认为您是对的。我们的怀疑逼得这个可怜鬼走投无路了。"他的视线穿过荒地，看向农舍。"您好，请问您是？局长，我们最好稍后再看这封信？"

来者是亨德利医生，矮胖的他呼吸急促有力，加之红润的肤色和健壮的体格，让他看起来更像是一个农夫，而不是一名医生。

互相介绍之后，他说，"警官们，这可怜家伙的遇难过程毫无疑问。左太阳穴那道深痕，足以让他死两次了。他跌倒时一定撞到了锯齿状的石灰石块，石块刺穿了他的头部。死亡一定是瞬时的。"

"是意外吗？"福里斯特少校问。

"这是您的观点吗？"亨德利医生笑了起来。"那是您要调查的，不是吗？我只分析他的死因。就我个人而言，我一直认为沿着石灰石场顶部的那条路确实很危险。您可以亲自看看铁丝围栏和小路到悬崖边有多近。您知道他们怎么弄吗？他们从石灰岩崖壁挖出石灰石后，还敢不把围栏内移，也不修新路，就这么把石灰石运出此处。这就是乡下人的性格。能拖到明天的事，今天绝对不做。"

福里斯特少校微微一笑。

"那我想您是个城里人了，亨德利医生。否则，这种中伤的话也会伤到您。好了，您可以把您签名的一般诊断声明交给我们吗？我们将通知您聆讯的日期。另外，您可以顺便看望一下罗瑟太太。这件事让她受到了不小的惊吓。谢谢，再见。"

亨德利医生告别时，梅瑞狄斯跪在地上检查尸体，他伸直身子慢慢地说道："局长，这伤口很有意思。按理说应该有石灰颗粒粘在伤口周围的肉上，不是吗？可是没有石灰的痕迹。我想一定是被血冲走了。"

局长点了点头，但对这一发现并不在意，他建议从窑里喊出两名工人将尸体抬入房内。平去请工人帮忙时，局长和梅瑞狄斯爬上了一条陡峭的小径，这条小径绕着石灰石场逐渐倾斜的边缘一路向上，最终连入一条小路，小路一侧是12米高的石灰岩悬崖。亨德利医生说得不错，这条小路的某些地方已不复存在，因为大部分被破坏的地下土壤和草皮已经坍塌，在崎岖的小路上留下了一个个空隙，铁丝网倒在空隙上，两端搭在空隙两侧，看着相当不结实。

"奇怪，"梅瑞狄斯说，"您认为罗瑟会不会是从这些间隙，而不是从铁丝断裂处跌落的？"

局长不同意。

"梅瑞狄斯,他要保证效果。所以他需要从空中直接跌落到地面,但如果人在铁丝网后面,从其中一个空隙跳下去,那就可能只是跳到悬崖壁上,受点伤而已。"

梅瑞狄斯立刻明白了,他小心翼翼地探出身子,抓住了一根被剪断的铁丝,拉了过来。

"是被剪断的。"他说。"我想这附近某个地方一定有钢丝钳,局长。"

几秒的搜索就有所收获。一把大钳子几乎就在他们脚边,半掩在一丛大蓟之下。

在梅瑞狄斯将钳子塞进口袋时,他抬头看到了附近的一片山毛榉树。

"局长,我们到那边的树荫下坐坐,仔细读读这封信怎么样?"

他们背靠大树,抽起烟斗,梅瑞狄斯取出信读起来。这封信没有日期,也没有标题。罗瑟在左上角写着:"致萨塞克斯郡警察局梅瑞狄斯警司。"

我知道,在这种案件中,死因审理官通常会做出因"神志不清而自杀"的判断。我想立刻消除这种善意的错觉。我做这件事时逻辑清晰,不存在任何精神错乱的迹象。对我来说,这一切太难以承受,所以我要亲手为这一切画上句号。因为您需要调查我做这件事的"手段",所以我将精确描述我结束生命的方式,省去您在聆讯前冗长的调查。今晚,所有人都睡着的时候,我将走到石灰石场顶我选好的位置,用钳子剪断围栏的金属丝,向后走几步,再冲出去向外跳,这样我的身体就不会受到崖壁的阻碍。您应该明白这样做非常简单合理吧?

现在,我要谈谈更重要的一点——我为什么这么做。我在一定程度上知道您对我其他行为产生的强烈怀疑,您对我进行了反复的盘问。自从7月20日那个可怕的夜晚以来,我一直在承受良心的谴责,这种负罪感越来越强烈。我几乎没有睡着过,思绪一直围绕同一个主题。过去的几周对我来说是一场噩梦,一想到这是一场无尽的噩梦,一切就变得更可怕了。所以我决定自我了结。那么,为什么呢?

我在西斯伯里环下您发现弃车的地方杀死了我的哥哥!

嫉妒是我故意杀人的动机。我意识到约翰让我与妻子的感情日渐疏远,我一点点感到绝望。我哥哥恨我,一直恨我,这种仇恨没有明确的来由。他刻意对我妻子献殷勤,看到她一点一点靠近他时,他那恶魔般的喜悦,最终化为了仇恨。

现在我来谈谈谋杀的手法层面,这自然是您最为关注的一层。

梅瑞狄斯停了片刻,向后推了推帽子,然后抹了一把额头。

"很热吗?"局长问道。

"局长,这种冷血无情令我毛骨悚然。"梅瑞狄斯说着,身体不听使唤地颤抖着。"我处理过无数案件,遇到过不少凶手,但这位是自己把一切都说了出来。想想谁能坐在打字机前像这样坦白。简直是惨无人道!"

"反过来想,"福里斯特少校补充说,"这让你方便了不少。梅瑞狄斯,别忘了,这种案情再现将为您省去很多思考的麻烦。行了,继续读,继续读。这听起来就像兰心剧院情节剧最后一幕的演说。"

"让我震惊的是,"梅瑞狄斯一反常态,用哲学的语言总结道,"比起客厅喜剧,生活本身更接近情节剧。"他越来越急切地读着那封信。

我将尽我所能将各种事件按合适的顺序逐一陈述。7月10日,我哥哥第一次谈到了他打算独自去哈勒赫度假。因为他是教堂修缮委员会的主席,他还谈到他会在7月20日参加完委员会下午的会议之后再出发。因此,我预计他会在下午茶后不久离开家。7月12日,我在伦敦购买了金属衬里的木行李箱和外科手术锯,为了避免尴尬,我回来时用车毯包着行李箱。我把行李箱藏进卧室的橱柜里,柜子很宽敞,以备不时之需。7月17日,谋杀案发生的三天前,我悄无声息地溜到了利特尔汉普顿,找了一个看似街头混混的人。我递给他一份您现在也有的电报,清楚地安排他应在何时何地发出电报。然后我给了他5英镑,告诉他如果于20日晚上8点在利特尔汉普顿总医院外准时与我见面,我会再给他5英镑。我想您一定能明白,如果那个人没有让我失望,那我就会在约定的时间前往医院。我也认为,我承诺的这笔额外之财能确保他发出电报。

7月19日,我打了一封便笺,伪装成我妻子写给我哥哥的。上面写着:"明天晚上9:15来见我,不见不散。我要说的事情至关重要。沿着芬登的宾丁小道往前,一直到通向西斯伯里山的铁门。找个路边看不到的地方,把车停在金雀花丛里。信里无法细说,威廉已经怀疑了。"我没有在便条上签名,我认为我哥哥会理解为珍妮特不敢使用自己的笔迹,所以打印了这张纸条。我加了一句附笔,"阅后即焚,不要以口头或书面形式提到信中内容"。

19日晚,我把这张便条塞在哥哥床上的衣服下,然后将行李箱搬上我的车藏起来,和以前一样,还是藏在车毯下。剩下的事实或多或少您已经了如指掌。

"我喜欢这句'或多或少',"局长笑着说,"只少不多吧,梅瑞狄斯?行,继续!"

梅瑞狄斯继续读:

假电报按时到了,我在7:30之前就去了利特尔汉普顿,正好8点到达。为了制造有说服力的不在场证明,我前往医院,在那里付了第2笔5英镑,然后拜访了韦克菲尔德医生和我的姑姑。大约9点,我离开她的公寓,直接开往芬登。我戴上了黑色太阳镜,脱下帽子,然后在我的休闲外套外披上防水斗篷。这样做是希望避免在芬登当地被认出,如果被认出来,对我的计划而言就非常危险了。去医院的路上,我曾在克拉克的汽车修理厂加油,也提到了我要去利特尔汉普顿。在返程途中,如果我经过汽车修理厂时,他正好在附近,也无法通过衣着认出我。

我大约在9:20到达宾丁小道,距离铁门还有一段路,我就下了车,穿过金雀花灌木丛,来到了哥哥停车的地方,他坐在车里。我拿着重型扳手。显然,他见到我很惊讶,在他准备下车时,我迅速在他的头部击打了几下。他静静地倒在了驾驶座上。我跑回来,开上我的车穿过铁门,停到我哥哥的希尔曼旁边。我在行李箱中放了一块防水油布，用来在潮湿天气中遮盖石灰。我在莫里斯·考利车后铺开这张布，小心翼翼地把尸体放上去，以免身上沾到血迹。我被派往法国红十字会工作时有过外科手术的经验，所以顺利地完成了断头和肢解的工作。叠好油布盖在尸体上之后，我拿起行李箱，将尸块塞入其中，再把手术锯和扳手放进去，关好箱子锁上。随后，我将行李箱拖到我的汽车上，放到后座，用车毯盖着。回到希尔曼车旁，我砸碎了风挡玻璃，砸坏了仪表盘，让现场看似经过一番挣扎。时钟是9:55。我以最快的速度从宾丁小道开车回乔克兰，停好了我的莫里斯轿车。

那晚夜深人静的时候，我再次溜到房外远处的车库，打开行李箱，取出防水油布和手术锯，动手将尸体切成小块，过程很麻烦，完成之后，我把车挪回原处，并走到盖在检查地槽上的铁制井盖旁。因为我喜欢自己修车，所以一名挖掘工人给我挖了这个地槽。我把行李箱放入其中，箱内仍然装有油布和尸体。地槽的盖子安得严丝合缝，车库中闻不到任何异味。我向后推了推车，在水龙头下洗了扳手上的血迹，之后回到屋里。在接下来的几天里，我都在石灰窑销毁尸体，将头骨留了下来埋在附近的树林中，因为我意识到头骨与其他骨头不同，如果混入石灰，人们一定会立刻发现。我还在窑里烧掉了哥哥的衣服，这样我就只剩下行李箱、带有血渍的防水油布和手术锯。最后，我决定驱车前往希思公地荒野附近的一个偏僻之处,将行李箱和其他证据埋入其中。

我的计划进行顺利,只有一个意外插曲。7月25日(星期四)晚上,在我从车库走向窑炉时,我看到前面有个人,望着她显现的轮廓,认出这是我的妻子。月亮发出微光,从灌木丛的阴影中,我看到她向窑炉内扔东西,盯着火苗等了几分钟,然后从大门返回到屋里。紧接着,我立刻冲向前去看看她烧的是什么,可我到达窑炉时,只剩几片燃烧后的残余,看起来像在炽热的石灰上燃烧过的纸。

我认为我已经坦白了所有细节。也许我没有预料到随之而来的痛苦调查,也没有预料到我越来越为受到怀疑而担惊受怕。我知道我的崩溃只是时间问题。相比经历审判的持久折磨,我还是决定采取这种替代行动。

我希望我死后,本地人们可以很快遗忘此事,而我妻子可以在优秀经理人的协助之下,继续在乔克兰生活。

威廉·罗瑟

第九章

打印书信

"原来如此!"梅瑞狄斯小心翼翼地将信纸折好放回信封时高声喊道。"大概包括了我们想要的所有证据了。我搜查农舍外的房子时真没想到过那个地槽。无论如何,现在没那么重要了,对吧,局长?"

福里斯特少校提醒说:"别太草率了。虽然听起来像是真的,但你必须进行核实,确认这份供认状是不是能对应上所有的已知事实。梅瑞狄斯,我个人虽然确信是威廉·罗瑟杀死了他哥哥,但你不能随便拿出那封信就'结案'。我们得用事实验证他的某些陈述。例如,那块头骨和埋藏的行李箱。知道希思公地在哪里吗?"

梅瑞狄斯拿出了地图。

"很快就知道了,局长。找到了,在小村庄北部。从地图上看,林地相当广阔。"

"无论如何,我们会派出一队人员进行地毯式搜索。他在其他所有细节上都很精确,偏偏对那个头骨一笔带过,真是怪得很。'附近的树林'——他就是这样说的,不是吗?可能在任何地方。该死,这地方到处都是树林。梅瑞狄斯,我们尽最大的努力做到最好。"

梅瑞狄斯点了点头,突然结结巴巴地说:"对了,局长,还有个奇怪的地方。"

"嗯?"

"为什么没人闻到燃烧的肉味?"

"你说是从窑里?"

"是的,晚上。"

"7月20日之后的一周,主要刮什么风?"

"局长,我现在也回答不了。凯特·阿宾沃思也许可以用旧报纸为我们提供帮助。"梅瑞狄斯朝着下面的平警员大喊,平刚带人把尸体抬到农舍楼下房间的沙发上,此刻正折返回来。"嘿!平!去问问管家旧报纸留着没。我们想要7月22日到7月28日之间的所有报纸。听明白了吗?"

"明白了,警司。"

局长重新装满烟斗,将烟丝袋扔给梅瑞狄斯。

"那时间线呢?"

"对得上。"梅瑞狄斯迅速回答。"如果您还记得的话，我在试图以威廉为中心人物重构犯罪过程时，准确地计算过他的行动轨迹，和他信中写的一模一样。"

"干得漂亮。"

"谢谢。"梅瑞狄斯咧嘴笑了，继续认真地说道，"局长，其实除了一些额外的细节，我差不多猜到了信中的大部分内容。我敢说是靠运气，但还是很重要，这使罗瑟的陈述更真实了。此外，珍妮特·罗瑟现在基本可以从嫌疑人中排除。我的意思是，她丈夫提供的证据解释了25日晚上发生的情况，也完全符合她讲的故事。她说那时她在窑上烧纸，而威廉说他看到了烧焦的纸张残余。这是确凿无疑的，不是吗？罗瑟太太说的是真的。"

梅瑞狄斯擦燃火柴，点燃烟斗后，又把烟丝袋递还给福里斯特少校，擦火柴的声音愈加凸显此刻的寂静。

"你太容易忘事了，梅瑞狄斯。"

"局长，您指的是？"

"为什么你突然放弃了威廉有罪的推论？你之前那么确定他是凶手。"

梅瑞狄斯大骂了一声，随后打了个响指。

"穿斗篷的人？您说得对，局长。我把*他*忘得一干二净。他是怎么卷入本案的？也许那天晚上他在犯罪现场附近只是巧合？"

"有可能，但也太巧了。别忘了，斯泰宁那个孩子发现了他的斗篷和帽子,之后证明这件斗篷上沾有人血。"

"但是罗瑟的声明对他只字未提。"

"太对了。"

"您的意思是?"

"就像我刚说的,要细细检查这份供认状。"福里斯特少校抬头时,穿着厚实靴子的平警官正踏着沉重的脚步走过来。"啊,平你来了。拿到了吗?好。梅瑞狄斯,来看看吧,我们判断一下。"

"局长,风向是正东。"梅瑞狄斯仔细浏览完天气报告之后说道。

局长扯了扯警员。

"那么,平,如果你站在窑口,风向是正东,烟应该朝哪个方向飘?"

"向西,局长。"

"我知道,你个呆瓜,我的意思是朝这里的哪边。"

"朝向海登山,局长。飘向山谷。"

梅瑞狄斯突然想起了他初次造访窑炉时,乡间那让人出乎意料的广阔天地。

"对,局长。我现在想起来了。窑的西边只有无尽的空地。还有一个深谷,沿深谷往上是主干道那边的丘陵。我记得在那个方向的几公里内什么房子都没有。"

"所以没人闻到。"福里斯特少校沮丧地总结道。在他们三人向下走到农舍时,他又说,"另外,我今天下午要从总局派出一些人到这里来,平。我希望你到本地车站接他们,再带他们到希思公地。"他转向梅瑞狄斯,"罗瑟太太呢?你能去见她吗?她还不知道这是自杀。"

"好的,局长。我会和她简单说几句,之后回停车的地方找您。恐怕她很悲痛,又一件让她悲痛至极的事情。"

但是珍妮特·罗瑟似乎震惊到麻木了,头脑好像也无法理解全部信息了。她接受了丈夫自杀的事实,不说毫无感情,至少也没有什么过多的表示。她只是坐在那里点点头,在谈话结束时,轻声感谢了梅瑞狄斯的关心,送他到了走廊上。

局长再次回到刘易斯赶赴午餐之约,梅瑞狄斯则默默走进办公室,准备动身前往阿伦德尔路。他的书桌上放着一张来自芬登罗德的备忘录。

关于罗瑟案。7月20日晚上,有人在芬登-沃辛公路上看到约翰·罗瑟的希尔曼轿车。目击证人——哈罗德·邦特,家住芬登威斯登之家。此人认识罗瑟兄弟。他说,晚上9:05,希尔曼车从他身旁经过,那里距芬登约800米,车子朝村庄方向行驶。开车的是约翰·罗瑟本人,强调这一点是因为我们上一次谈话时,您猜汽车可能由穿着斗篷的人驾驶。下午1:00前都可以打电话给我。

罗德

梅瑞狄斯看了一眼手表，还有十分钟。他拿起听筒，说了号码之后，内部交换机把电话转到了芬登。

"是罗德吗？"梅瑞狄斯问道。"刚读完您的留言。消息可靠吗？您的证人确定开车的是约翰·罗瑟？"

"百分之百确定。他说罗瑟路过时跟他打了招呼。之后我又得到了邮递员威尔金斯的旁证。他在清理主干道上的邮箱时，看到了罗瑟开着希尔曼经过。他碰巧很熟悉罗瑟，因为他俩都是华盛顿花卉展览委员会的人。威尔金斯就住在教区边上。"

"那时间呢？"

"刚过9点。"

"太好了。"梅瑞狄斯声音中充满了抑制不住的喜悦。

"嗯，但是我想……"

"我知道您做到了，罗德。我这下又有了一点进展。谢谢。再见。"

因此，约翰·罗瑟从沃辛方向开来，9点刚过就经过芬登。威廉假借妻子名义安排的约会在什么时间？9:15，不是吗？那么，人们看见约翰，会觉得他是在穿越村庄。

梅瑞狄斯想，"还需要更多证据来证实这份供认状。"

虽然心中有些疑惑，但梅瑞狄斯还是不禁感到案件即将画上句号。只要核实了这份供认状，就可以停止调查宣布结案了。现在，费解的一点似乎是穿斗篷的那个陌生人鬼鬼祟祟的行为。牧羊人喊他时他为什么不停下来？为什么他的斗篷上沾有血迹？在威廉天衣无缝的计划中，这个人显然没有存在的必要。他不需要同伙。但不知道为什么，梅瑞狄斯认为这名男子的行动与谋杀案必然有所联系。是威廉·罗瑟还有隐瞒吗？

梅瑞狄斯把这个问题放在一边，开始享用周六的午餐，他决心在周末停下脚步，好好放松一下。只是，在离开警察总局之前，他传达了局长的命令，要求一小队警力于当天下午前往希思公地。他还联系了死因审理官，安排下周二聆讯。遵循死因审理官的建议，这次聆讯在农舍进行，按照惯例开始传唤各种证人，并召集陪审团。

但在那个悠闲的周末梅瑞狄斯还是没能闲下来。在凉爽的傍晚时分，他在后院浇灌长方形草坪时，妻子匆匆穿过落地长窗，说一位绅士要见他。她难得地关心起梅瑞狄斯，催他穿上外套，叫他梳梳头发，给他拉直领带，然后把他带到客厅，华盛顿侦探小说家奥尔德斯·巴尼特正坐在一把长毛绒大扶手椅上。他起身和警司握手，为打扰他休息而道歉。梅瑞狄斯咧嘴一笑。

"您是侦探小说家，应该知道我们这些可怜人没有任何闲暇，先生。我们就像医疗行业的从业者一样——随时待命。言归正传，巴尼特先生，您找我什么事？我想您过来一定是有重要的事情。"

"很重要。"巴尼特用低沉的声音附和。"事实上，至关重要。这与威廉·罗瑟的死有关。我下午茶时回到利奇波，竟然收到了罗瑟太太的便条。自杀吗？为什么这么认为？"

梅瑞狄斯简短地解释了他们做此假设的原因。梅瑞狄斯说完后，巴尼特从口袋里掏出一封信，啪的一声放到梅瑞狄斯的膝盖上。

"如果您认为威廉因为自己被怀疑而自杀，那这个您做何解释？这是昨天早上寄到我这里的。读一下。"

梅瑞狄斯从撕开的信封中拿出了一张信纸，读道：

亲爱的巴尼特，

我身陷困境，不知道该如何寻求帮助。因为认同您的判断，我决定告诉您我的秘密，寻求您宝贵的建议。事关我哥哥的谋杀案。这个控诉很可怕，但我有充分的理由认为我妻子一定程度上参与了这起可怕的事件。其实她不知道我看到了她在7月25日晚间的某些行动。根据聆讯结果，这些行动在我看来无疑都是有罪的。

巴尼特，告诉我，我该怎么办？我肩负着把与她有关的信息交给警察的可怕责任。我在和自己的良心搏斗，翻来覆去地思考，但仍然无法做出决定。我妻子不知道那天晚上我看到的一切。您必须承担起为我做决定的重任。我会毫无保留地接受您的建议，但是我觉得我一定会有不同的意见。

在收到您的来信之前，我不会采取任何行动。

威廉·罗瑟
谨上

"好吧，我会——"梅瑞狄斯从这封特别的书信中抬起头来说道。"我们要怎么做？这究竟是什么意思？"

"这不是一个在考虑自杀的人会写的信，对吗？"巴尼特问。"我的意思是，如果他打算在几小时后自杀，为什么让我知道这个暗示他妻子有罪的秘密？这个秘密会和他一起销声匿迹。死亡会抹去做决定的必要。"

"确实。"梅瑞狄斯认为必须让巴尼特相信那份供认状。幸运的是，他从办公室带来了那份文件，还打算在周末结束后重新核对一番。"先生，我们讨论这个问题之前，也许您可以读一读这封信。"梅瑞狄斯拿起供认状并掀起了一角。"先生，您要我翻页时点头示意我好吗？我得防止留下无关的指纹。"

气氛沉默了许久。最终，巴尼特抬起了头。

"难以置信！我理解不了威廉的心理状态。这封供认状会引起人们的注意，让人们想了解他明显希望隐藏的那些东西。他疯了吧？他真做了？谋杀使他精神错乱了吗？"

"是他杀的约翰·罗瑟吗？"梅瑞狄斯直截了当地问了出来。"这就是我们现在要面对的问题。这两封信不一致。"

他不知不觉地将两封信并排放在旁边的桌子上，凝视着上面的字迹。突然他大叫一声，拽着巴尼特的胳膊，将他拉到桌旁。

"这儿，仔细看看！您注意到什么了吗？有什么特别的吗？"

巴尼特仔细检查后摇了摇头。

"两封信看起来都正常。"

"确定吗？"

"嗯，这两个签名怎么看都出自一人之手。"

"签名是一样，但也有可能其中一个是伪造的。我倒是对字迹的深浅很有兴趣。"梅瑞狄斯怀着专家般的热情继续说下去。"我研究过打字，是为了让自己能甄别出同一台机器打出来的稿子上的细微差异。例如这两封信——都是由雷明顿便携式打字机打印的，我想是我在农舍厨房看到过的那台雷明顿。但是'用力'不同，拿大写字母举个例子，一封信中明显是用力敲击打出来的。而在另一封信中，这个痕迹很淡。在这封供认状中，句号几乎透过了纸；而另一封信中则很平常。注意，在给您的信中，大写字母'A'的颜色始终很淡，而小写字母'e'的颜色很浓。在供认状中则没有这种情况。但是在每封信中，各自的特异之处本应是一致的。它们像钟表机械一样规律地出现。巴尼特先生，您明白我在说什么吗？"

"那些字……"

"对！"梅瑞狄斯打断了他的话。"两个完全不同的人打出来的。这就给了我们一些与威廉·罗瑟的死亡密切相关的信息。简言之，其中一封信是伪造的！"

奥尔德斯·巴尼特同样很兴奋，大声插了一句进来。

"但是哪一封呢？警官？您没从中发现重要的信息吗？"

"我当然意识到了。"梅瑞狄斯不耐烦地说道。"我正想说呢。如果威廉给您的便条是真的，那就可以肯定他不是自杀。他不可能写那个供认状。"

"那如果供认状是真的呢？"

"那么给您寄信的目的是什么呢？毫无意义，荒谬至极。"

"您下一步的计划是？"巴尼特问道，显然很高兴能够直接了解警方人员的动向。"您怎么找出哪封信是真的?"

"简单。"梅瑞狄斯微微一笑。"从同一台机器上获取威廉·罗瑟打字的样本,进行比较。您开车来的吗?"

"车!"巴尼特大声嘲笑着。"我的座驾可比这强多了。引擎增压的艾维士跑车,巡航速度为128公里。够用吗?"

"我只得冒险一试,"梅瑞狄斯咧嘴一笑。

5分钟后,那辆修长的跑车吼叫着驶向华盛顿教区,全然无视48公里的限速,以及路上的行人和警员。巴尼特瞥了一眼梅瑞狄斯的便服。

"我真希望你穿了制服。我要收到一打传票了。"

"先生,如果您不介意的话,您就专心看着前面的路,握紧方向盘。我不只要考虑妻子孩子,*还得琢磨一起谋杀案!*"

对梅瑞狄斯来说,似乎还没过多久,这辆车就突然驶离了主干道,冲上了乔克兰周边印着车辙的山坡。

"如果您不介意,我们就把车停在小路上,再从后面溜进去,巴尼特先生。我不想再打扰罗瑟太太了。我们想要的东西问凯特·阿宾沃思就可以。"

两人进入厨房时,管家从她的单人晚餐中抬起头来。

"哦,天哪,警官,您真吓到我了。您是不是要告诉我更多麻烦来了。我年纪大了,心脏可受不了再来一次打击了，就是这样！"

梅瑞狄斯安慰她之后，解释了到访的原因。

"嗯，警官，这很简单。可怜的威廉先生桌子上放着一堆信，都够贴满整个房子了，您肯定能在里面找到您想要的。要我叫罗瑟太太吗？"

"说实在的，最好别打扰她。"梅瑞狄斯说。"请对我们这次到访保密，阿宾沃思夫人？"

"好的，警官。"

梅瑞狄斯大步走到用作农舍办公桌的大桌旁，仔细地检查了几份文件，找到了所需的东西。奇怪的是，有一封威廉·罗瑟的签名信，日期是前一天，上面写着他接受代替他哥哥参加花卉展览委员会特别会议的邀请。会议安排在下星期二举行。

巴尼特靠在梅瑞狄斯身旁读这封信，梅瑞狄斯低声对他说："另一个证明威廉没想过自杀的点。"他又大声说，"好吧，阿宾沃思夫人，我找到了我想要的东西，谢谢。如果可以的话，我还想借用这台打字机。过几天再还回来。"

一坐上车，两人兴致越发高昂，开始比较这三封信。

"怎样？"巴尼特不耐烦地问着，等待专家的裁决。"哪个是伪造的？"

"您觉得呢？"

"给我的那封。"巴尼特迅速说。

"您错了。"梅瑞狄斯吼道。"我们都错了。整个案子都错了。我必须重新开始。*供认状是假的！*尽管我不知道这些证据是怎么凑到一起来推翻我的假设的。是谁写的供认状？而且有些细节的确是本案的事实，写信的人又是怎么知道的？他在打什么鬼主意？"

"您确定吗？"

"完全确定。看一下威廉的大写字母和句号。看他的'*I*'和'*o*'。看看送给花卉展览委员会的这封信与给您的那封信有多吻合。现在的问题是，供认状是否来自同一台机器？供认状肯定是从雷明顿打字机打出来的，但是同一台雷明顿吗？"

"你能找到答案吗？"

"能——在显微镜下就能。"

"还有，"巴尼特说，"在我开车送你回去之前，要不要来我家喝一杯？"

巴尼特坐在利奇波宽敞明亮的客厅里，几杯威士忌过后，巴尼特问道，"梅瑞狄斯警司，通过这些新事实您能推理出什么呢？"

警司在回答之前犹豫了一下。他在电光石火间就想到了伪造供认状的指向和其他隐含的信息，只需要进一步的事实支持。这些指向实在是出人意表，又有些莫名其妙，与一个探案的外行讨论这些内容似乎不太慎重。他应该告诉巴尼特吗？但想到几天后整个案件就要公之于众，他缓缓问道："巴尼特先生，您准备好大吃一惊了吗？"

"为什么？"

"因为我从这些新线索中只能推断出一件可怕的事情。"

"什么？"

"*您的朋友威廉·罗瑟被谋杀了！*"

"被谋杀了？不可能！"

"并非不可能，先生。我也希望这不可能，但是请听我说。我们有两个充分的理由来推断威廉没有自我了断。首先是给您的那封信，其次是我们刚刚去农场时拿到的那封信。一个打算自杀的人不太会费心接受自己显然没法参加的会议邀请。您手里那封信我们之前讨论过了。除了那份伪造的供认状，似乎没有什么能说明威廉为什么*想要*自杀。在来这儿的路上，我一直在尝试从新的角度分析他的死因。您看，我记得威廉太阳穴的伤口，尽管亨德利医生说这个伤口是威廉死亡的直接原因，但它周围并没有石灰划痕，但他身上其他部位又满是粉尘和划痕。既然他的头撞到石灰石上，而石灰石又因为天气原因变酥软了，在我看来这二者似乎不太吻合。为什么身上有石灰粉尘和划痕而伤口处没有呢？再者，尸体并没有被移动过，那么，为什么受伤的太阳穴会朝上呢？在身体以如此巨大的力量撞上石灰石时，罗瑟一定会立即失去知觉。他是怎么转身的？这是我的非自杀理论的另一点。那么是意外吗？我想我立刻就能排除这种想法。因为铁丝不是自然断开的，是被切断的，我们也找到了用于完成这项工作的钳子。

"另外，在发生事故的情况下，尸体会滑下悬崖，然后停在悬崖脚下。但实际上尸体距离悬崖底部大约有2米远。巴尼特先生，您看，我必须大胆地做出另一种怀疑——谋杀。我觉得供认状是假的，剪断电线，留钳子在地上是为了暗示这是自杀，您怎么想？"

奥尔德斯·巴尼特不太知道该想什么。威廉被谋杀的推断让他无比震惊。他可以清晰地跟上警司的推理，但是不知为何，在他的脑海中，他希望这种推理是错误的。谁能杀了威廉？为什么他会被杀了？他向梅瑞狄斯提出了这些问题，但是这位警官没再继续向这位业余人士透露他的理论。在充分了解过罗瑟家族之后，梅瑞狄斯得到了罗瑟家族过去和现在的许多趣闻，他得体地暗示是时候该回刘易斯了。而对威廉死亡的来龙去脉却并没有进行进一步的分析。梅瑞狄斯暂时守口如瓶。

巴尼特载着警司穿过月光下的乡村回到刘易斯，他问道："作为警务人员和侦探小说的读者，您怎么看待这类故事？您知道的，我应该重视您的意见。"

"好吧，"梅瑞狄斯说，"我认为每个故事都应该基于现实。我的意思是，让角色、背景和侦查贴近真实。靠直觉当然很好，但一般警探更依赖常识和警察局的例行调查来取得成果。就以这起案子为例，这些线索让我很凌乱，老实说，与案发后的几天相比，一个月的深入调查并没有多少进展，这都是很正常的。警探有一半的工作不是找出事实是什么，而是找出事实不是什么！先生，您可能还记得您下一篇小说中的事实。但至于犯罪本身，请选择简洁不花哨的内容。越花哨的谋杀类型越容易露出破绽。迄今为止，简洁又有预谋的犯罪都是最难解决的，会给您的读者提供很多个侦查方向。正如这桩案子，依在下的愚见，仅从正确的角度去触及约翰的死，都能围绕着它写出一个好故事。"

"我想，巴尼特先生，您得让读者和警察了解同样的信息，那才是唯一的公平。这让有些读者可以超过警察的进度并抢先找到凶手。注意，这不能是基于猜测，而是要基于确凿的事实。只有这样对我们来说才是公平的，因为我们不能仅仅因为我们认为他有罪就逮捕他。当然，恐怖小说另当别论。但是，谈到正统的推理小说时，请给我一些形式多样，包含着众多可能以及合理推断的东西，而不应该充斥着巧合和'直觉'。现实生活中事情并不会那样发展,我们也不会那样工作。先生,至少在我看来是这样。"

第十章

聆讯疑云

星期日,梅瑞狄斯好好地休息了一下。忽然一脚踏入威廉·罗瑟死亡这个新局面,他心中十分不安,但他明白侦查工作就像体育运动,太过投入就容易心生厌倦。所以梅瑞狄斯太太带上三明治作午餐,一家人乘着公共汽车去了布赖顿。托尼一直心心念念着去布赖顿坐船,所以梅瑞狄斯就由着他去划,自己则在阳光下度过了慵懒的一天,整个人从内到外都焕然一新。周一早上,他哼着小曲回到总局,心情良好,精力充沛,直奔局长办公室。

"啊,梅瑞狄斯!那人的事情,那桩自杀案进展如何?还有其他细节吗?"

梅瑞狄斯咧嘴一笑。他享受在局长办公室丢出爆炸性消息的感觉。

"还不少呢,局长。有个意外转折,我现在认为这不是自杀而是谋杀。"

"你去晒太阳了吗？梅瑞狄斯，你的脖子看起来红红的，啊？"

"对，局长。请听我说一下。"

之后，警司的声音在福里斯特少校办公室沉闷的气氛中喋喋不休地持续了五分钟。随着新情况的阐明，局长愈加坐立不安。他显然快要控制不住自己插话的欲望了。最后，他再也受不了了。

"但是，该死，老兄，谁想杀死威廉？他是怎么被杀的？他在哪里被杀的？谁杀了他？"

"局长，您想让我先回答哪个问题？"梅瑞狄斯礼貌得不得了。

局长哈哈大笑。

"哎呀，你赢了！我太兴奋了，梅瑞狄斯，抱歉。但我还得给你打个预防针，你也不能指望我像一座纪念碑一样呆坐在这儿。他是怎么被杀的？让我们首先解决这个问题，你有什么想法吗？"

"完全没有，局长。"

"好。那他为什么被杀？"

"局长，我对此倒是有个想法，"梅瑞狄斯有些犹豫，"只是一项假设。既然我们知道那封给奥尔德斯·巴尼特的信是真的，威廉知道妻子有犯罪行为。您难道不觉得他的死可能是为了防止我们注意到他妻子的犯罪事实吗?"

"我的天呀!珍妮特·罗瑟?那太不合理了。"

"不一定,局长。她可能没有真正犯罪,但可能有人杀了威廉,以免她因约翰·罗瑟的死而受到怀疑。"

"牛皮纸包里那个证据,是吗?"

"是的,局长。您觉得我们能将谋杀嫌疑锁定在穿斗篷的人身上吗?"

"哦,你觉得行就行!"局长讽刺地回答。"也可能是凯特·阿宾沃思,女仆朱迪,或者亨德利医生那个老笨蛋,反正怀疑一个人和怀疑另一个人的原因都差不多。你认为他在哪里被杀的?"

"我认为是在石灰石场上方的小路上。我想今天上午再去看看。"

"好极了。我太忙去不了,但你比我更清楚这个案子。另外,"局长又说,"我昨天派去希思树林搜查的那些家伙扑了个空。那箱子连个影儿都没有。"

梅瑞狄斯从局长办公桌前的椅子上站起来时总结道:"这就是我们要怀疑的地方。既然供认状似乎是伪造的,我猜其中的一些证据也是假的。"

"确实。行了,梅瑞狄斯,如果有进一步的信息,今天晚点见。"

出发前往乔克兰之前,梅瑞狄斯来到了大楼偏僻一角的另一间办公室,一个年轻小伙子正聚精会神地用显微镜检查一些打印好的纸。

"你好,比尔。我是不是来得太早了?"

"警司,能耽误您几分钟吗?"

"好的。"梅瑞狄斯靠在桌边,注视着那个年轻人的工作。一共有三张纸,第一张来自伪造的供认状,第二张是写给巴尼特的信,第三张是一名警员专门用农舍里的雷明顿打字机打出来的一份旧声明的副本。

这位年轻人解释说:"我集中分析了字母 't' 'h' 和 'g'。在这份我们打出来的副本中,这些笔画的特征表现得最为明显。't' 的一横力道较弱,而一竖则力道较强。同样,'h' 的一竖较为清晰,而弯曲部分就比较模糊。警司,我在巴尼特收到的那封信中也发现了这些特点。毫无疑问,那封信是在同一台机器上打印的。"他一边说话,一边在显微镜下四处移动纸张。"我现在正在检查第三张纸。"

"怎么样?"

"'t' 是一样的,警司。'h' 也是。但我想再看看 'g' 来最后确认。"一分钟后,他抬起头,补充道:"好了,警司。这三张纸来自同一台机器。想要看看吗?"

"这会儿先不看了吧,比尔。我今天早上很着急。谢谢你这么迅速就检查出来了。回见。"

霍金斯在警察局外的车里等着。梅瑞狄斯跳上车，警告霍金斯在前往乔克兰的旅途中不要说话，之后他定下心，开始在舒适的状态下思考问题。

他脑海中最明确的一点是，珍妮特·罗瑟以某种方式被卷入了本案。想想她在包裹问题上那些虚假的回答，再想想假供认状中那些巧妙的暗示，梅瑞狄斯如今确信那包裹中装的绝不是日记和旧信件，而是罗瑟被分割的尸体。威廉一定已经意识到了这一骇人的事实，所以才写信给巴尼特。珍妮特一定也得到了她丈夫知情这一情报，所以他才在悬崖顶上被谋杀。到这里一切都说得通。但是能确定珍妮特没有谋杀她丈夫吗？作为帮凶，她可能更有用，无论她的感情倾向如何，梅瑞狄斯都无法，也不会将她假定为凶手。女性通常不会采用以钝器攻击男性的头部这种方式来完成谋杀。女性在生理上一般较为柔弱，因此不太依靠蛮力。她们的武器通常是手枪和砒霜。如果要作案，她们会保持安全距离，以免自己的计划被男性的蛮力挫败。而威廉既没有中毒，也没有被枪击。他的头部受到致命伤是因为凶手必须让他看起来像是从悬崖顶跌落坠亡。问题是⋯⋯

梅瑞狄斯的思绪猛然停顿，迅速地转向另一个方向。那份供认状是谁写的？无疑就是*谋杀约翰·罗瑟的那个*

人。那份虚假的供认状中涉及了太多的案件细节，如果不是凶手就不可能了解。警方确实掌握的时间线索，那个人也同样了解得相当清楚。他知道仪表板时钟停在9:55。他知道那封电报和威廉去利特尔汉普顿的事情。他知道乔克兰车库的地槽。他对整个地区了如指掌。当然，像关于乔克兰的细节这样的情报他可以从珍妮特·罗瑟那里了解。但梅瑞狄斯越来越倾向于认为她与这两起案件紧密相关。这控告虽然可怕，但在确凿的证据面前是不可避免的。而且真的可以确定约翰和威廉·罗瑟都被同一个人所杀吗？

"停一下，别想太快了，"梅瑞狄斯突然警告自己，"已经超出了已知事实。还不确定威廉·罗瑟的死是谋杀。我没有直接相关且无可争辩的证据。"

然而，在烈日炙烤的悬崖顶上，他还是用脑海中这一假设着手进行新的调查。在霍金斯的陪同下，他决定进行一系列可能有用的新测试。

在前往石灰石场的路上，梅瑞狄斯从窑炉下的工人那里借了一个大麻袋和一把铁锹。他从农舍厨房中拿到了一台带钩的秤，用钩子把秤挂起来，就可以在物体悬空的情况下称出重量。这台秤能够称量89千克的物体。在将秤挂在山毛榉树结实的树枝上之后，霍金斯把袋子打开，梅瑞狄斯把悬崖顶上的土和碎石灰石填进袋子，不时把袋子挂到秤上称一下重量。指针指到66千克时，他指示霍金斯沿着悬崖小路将麻袋拖到铁丝网被剪断的位置。随后，梅瑞狄斯绕道走到了石灰石场脚下，尸体被发现的地方沾着一摊黑色血迹，梅瑞狄斯站在离血迹几米远的地方，抬头看向霍金斯，霍金斯正紧张地站在12米高的悬崖边。

"准备好了吗，老弟？"

"好了，警司。"

"那我数三，二，一，就扔出来！"梅瑞狄斯喊道。

"看在老天爷的面子上，别忘了松手！"

身穿制服的警察消失了片刻，短暂停顿了一下，突然，硕大的袋子从崖边飞速下落，砸到地上离警司几米远的地方，发出"砰"的一声，让人害怕。

梅瑞狄斯往前走了走。

"搞定。"他朝上喊。"如我所料。刚才有困难吗？"

"警司，我扔出去之后，就轻松了。袋子很容易就能越过悬崖边缘而悬空落下，不是吗？

"是的。那里凸出来了一点。别动，我上来。"

再次上去之后，警司趴在地上，开始检查剪断的铁丝网附近的每一寸地面。霍金斯也帮着一起找。他们一边静静地工作一边在心里咒骂着灼烧他们后颈的烈日，希望有一点阴影可以带来一点阴凉。

10分钟过去，霍金斯突然大喊：

"警司。过来！快！我好像发现了什么。"

梅瑞狄斯立刻站起来,来到霍金斯旁边。

"什么?"

"那里。"

警司低声吹了一声口哨。

"血,是吗?干掉的血迹。"

"看起来像,警司。当然,这里有一点湿,也可能是看起来像血渍的黏土。"

"别傻了,霍金斯。黏土,呸!把麻袋倒空,铁锹给我,好吗?我们得挖出那一小块土壤进行分析。怀疑这是血渍无济于事。我们要实验室测试确认。小心点。把麻袋打开。"

尽管梅瑞狄斯没有在下属面前表现出来,但他的确暗暗感到极度兴奋和满足。他刹那间就看到了这一发现的重要性。悬崖下面的血是一回事,悬崖顶上的血是另一回事。下面的血意味着事故或自杀,上面的血则意味着谋杀!再没有其他解释了。威廉·罗瑟的身体掉下悬崖之前,左太阳穴已经有了那道致命的伤口。凶手用钝器杀死被害人之后,把尸体扔了下去。66千克的麻袋大约等于死者的体重,坠落在威廉尸体落下的地方。只要*证明*标本土壤中含有人血,死因审理官的陪审团的裁决就注定了。

钝器?凶手用的是哪种?扳手?不,是某种会造成明显的锯齿状伤口的东西。梅瑞狄斯几乎是本能地四下环顾，为什么不能是火石呢？此地到处都是当地特有的锯齿状火石。哪还有比火石更好的答案？难怪伤口上没有石灰粉尘！

梅瑞狄斯让霍金斯带着装满土的麻袋回到车里，随后带着称重秤回到农舍。他在这儿还有其他事情要调查。

梅瑞狄斯发现凯特·阿宾沃思不像初次见面时那么活跃了，她正在转动牛奶分离器的把手，看起来毫无生气，颤颤巍巍，似乎也不愿闲聊。

"我能和您说句话吗？"梅瑞狄斯礼貌地问。

"噢亲爱的！噢亲爱的警官。我刚刚走神了。如果您觉得这话一定得说那就说吧，我不反对。您想知道什么？"

"您还记得我借用的那台打字机吗？谁用过那台机器？"

"约翰先生和威廉先生。用来办公之类的，警官。大多数情况下是威廉先生在用。"

"您见过别人使用那台机器吗？"

"从来没有过！"

"那罗瑟太太呢？"

"也从来没有过，警官。"

"据您所知，过去几个月来打字机没从那张桌上被拿走过吗？"

凯特·阿宾沃思确定地说，"如果被拿走过，我每天早晨去掸灰尘的时候应该会发现的。"

"您有没有注意到威廉先生前几天用过这台机器？"

阿宾沃思太太叹了口气，但她这口气仿佛被憋在紧身胸衣里了。

"他死的前一天，警官。他坐在那里敲打键盘，好像完全不在乎这世上的事了。可怜的人哪。他一点都不知道，是吗？他一点也不知道。"凯特·阿宾沃思摇了摇灰白的头发，似乎是在谴责世间一切的痛苦和邪恶。"是一封关于花展的信。他说，'凯特，我要代替可怜的约翰去参加星期二花展委员会的会议。您对打椰子游戏怎么看？我们应不应该参加？'您知道吗，警官，他知道村民对这一游戏有很强烈的感情。年轻人认为我们应该随着时代而进步，采用射击来替代这一游戏。他们认为打椰子游戏只适合孩子。当然，我并不是说我自己……"

这时梅瑞狄斯感觉管家的话题只是简单的抱怨，赶忙换了话题。毕竟之前的话题已经让他得到了想要的信息。

"罗瑟太太躺着吗？"

"警官，她去伦敦见她的律师了。"

"我知道了。谢谢。"

霍金斯正在车里等他，他一边朝车子走去，一边想，"一定是罗瑟太太写的这份供认状。除阿宾沃思太太外，她是唯一可以使用这台机器的人。"

聆讯之后，他得与这位年轻女士再谈一次。现在已经很清楚了，她绝不像她看上去那样天真。漂亮的脸蛋和迷人的举止不会使他做出误判。很多这样的女孩只是……莎士比亚怎么形容她们的？什么苹果，噢，"金玉其外，败絮其中的苹果"。好吧，珍妮特·罗瑟这个苹果的核可能很容易就烂掉。虽然梅瑞狄斯现实中遇到的罪犯通常都粗鲁狡猾，但确有不少漂亮的女孩也是罪犯。同时，在他的证据之中，真正空白的还是与穿斗篷的人合谋的那部分。

梅瑞狄斯笑着走进车里，低声说："下山，去利奇波。"想到穿斗篷的人，他的笑意更深了些。颇有塞克斯顿·布莱克警探那种案子的感觉！另外，他在7月20日晚上穿着斗篷，戴着宽檐帽。这也是他们对这个特殊人物的全部了解了，在确定身份时，这些只不过是最空泛的信息。也许巴尼特可能知道某个对整个罗瑟家族怀恨在心的人。也许过去罗瑟家族曾不公地对待过哪个人或是他的家人。既然基本可以肯定威廉是被谋杀的，这条线还是值得查问一下。

然而巴尼特未能提供特别有用的信息，他对罗瑟家族的私事不甚了解。他告诉了梅瑞狄斯罗瑟家族在当地的各色事情，讲述了他们的先辈还是庄园主时，对教区形成和维护的作用；可是他对罗瑟兄弟如今的社交关系并不清楚。他想到约翰在布赖顿有朋友，周末总去那儿，这一年半以来，约翰周末的大部分时间都不在乔克兰。可是，他鲜少提及个人私事，巴尼特估计珍妮特或威廉也不知道约翰那些时间都去了哪儿。

梅瑞狄斯机械地记下了这些信息，但认为这些对查出穿斗篷的人的身份没有太多助益。和这位侦探小说家谈话的最后，他强烈怀疑威廉可能自杀的说法，巴尼特为此困惑不已，心情格外郁闷。

第二天早上11点，死因审理官在农舍宽敞的厨房中进行对威廉·罗瑟死亡事件的聆讯。擦洗干净的工作台周围摆满了椅子，还有一把大椅子摆在最前面的贵宾席上。房间里，死因审理官准时坐下，环顾了陪审团成员庄严的面孔。5分钟前，他们聚集在院内石板路上，穿着安息日的礼服喃喃低语，将普通的程序笼罩上了教会的气氛。对死因审理官奥伊勒先生而言，这只是无数次聆讯中的一次而已，而对于从村里招募的陪审团来说，这是一个神圣的场合，一项履行职责的固定仪式。在他们身后，凯特·阿宾沃思静静地坐着，用围裙轻轻地擤鼻涕，旁边是珍妮特，面色苍白的她情绪内敛，而又无惧即将到来的考验，等待着作为证人接受传唤。

各项程序分毫不差地准时进行。珍妮特·罗瑟用低沉平稳的声音作了正式的身份证明，接着描述了她如何在石灰石场脚下发现丈夫的尸体。验尸官问了她几个简短的问题。她丈夫曾经提到过自杀吗？她摇了摇头。

"罗瑟太太，您发现死者时，尸体离悬崖底部有多远？"

珍妮特犹豫了一下，似乎正在思考，然后说："大概1.8米。我真不太确定。"

"确实。您丈夫坠落后是什么姿势，罗瑟太太？"

"侧躺着。"

"哪边？"

"右边。"

"那么他的左边朝上？"

"是的。"

"他身上有明显的伤口吗？"

"有，在他的左太阳穴。"

"罗瑟太太，您认为您丈夫被发现时的姿势就是他跌落在地的姿势吗？"

女孩再次犹豫了。梅瑞狄斯一直密切注视着她，她似乎在试图快速权衡问题的重要性，从而以她认为最有利的方式回答。

她最后说，"是的，我认为看起来是那样。"

亨德利医生是第二位证人。他虚张声势，气势汹汹地证明自己的发现有多重要。显然，他很想让死因审理官感受到乡村医生不一定就迟钝保守,虽然大多数乡下人都很蠢,但他却鹤立鸡群。他解释说,太阳穴的伤口流血导致了威廉的瞬间死亡。毫无疑问,某个锯齿状的物体,很可能是石灰石块或火石穿透了死者头部。在死因审理官提问时,他极度否认死者跌落地面之后翻过身。不,他不曾注意到伤口周围的干血中没有附着石灰石颗粒。

"而且身体处于罗瑟太太所描述的位置吗?"死因审理官坚持不懈地问着,陪审团感到相当困惑。"请仔细想想这一点。"

"是的。"亨德利医生以低沉的声音回答,同时挑衅地看着面无表情的陪审团成员,仿佛在刺激他们来反驳。

"谢谢您,亨德利医生。您可以回到座位了。"死因审理官微微一笑。"梅瑞狄斯警司。"

梅瑞狄斯敬完三指礼[①]后,在村民们激动的低语中一跃而起。甚至人们对死者的尊重也无法遏制他们对梅瑞狄斯自然而然的好奇,因为他的工作就是将盗贼和凶手绳之以法。专业警探的魅力仍然可以激发他们朴实的尊重和钦佩。梅瑞狄斯于他们而言,就像年度博览会一样新奇,他们决心在本场合中,不失庄重而又尽可能多地看他几眼。

梅瑞狄斯做惯了证人,轻轻松松就清晰地描述了他如

---

① 三指礼:一种表示敬意的礼仪,其方式为掌心向外,手掌大约在肩膀的高度,中间三指朝上,大拇指压住小指。

何检查尸体，如何注意到伤口周围没有粉尘。他解释说，死者一直右侧卧在距悬崖脚下1.5米远处。根据渗入死者头部旁边石灰石块中的污迹判断，死者流了大量的血。石灰石场边缘的铁丝网被剪掉了，在小路旁不远处有一把钳子。死者的口袋里有一份供认状，看似是他自己打印的，但警方证明这是假的。供认状提到了死者哥哥的死亡。警方认为将该文件放在死者的口袋里是为了误导警方判断威廉·罗瑟的死亡方式。

此时，死因审理官礼貌地微笑着插了一句，"警方有没有进一步的证据来证明打印这份文件的人并非死者？"碰巧奥伊勒先生心中早就有了答案，但是他还得提出这些或多或少有些程式化的问题，来指导陪审团。

"有，先生。在昨晚的常规调查中，我采集了信封和打字稿上的指纹。"

"结果如何？"

"我发现有两组指纹。"

"哪些？"

"局长的和我的，先生。"这时，在质证的紧张气氛中，桌边的人群发出了低声窃笑。死因审理官用手指在桌上敲击，要求大家保持沉默。

他继续说："我知道了，因为从死者的口袋里拿走那份文件后，唯有您和局长处理过那份文件？"

"对,先生。"

"梅瑞狄斯警司,还有其他指纹吗?"

"没有了,先生。"

"没有!"

会上的其他成员静静地呼应着死因审理官吃惊的神色。供认状放入死者口袋时怎么会没有留下指纹?如何能将信纸放入信封,再密封好,却不留下任何痕迹?陪审团很困惑。

"您认为这个非同寻常的事实暗示了什么?"死因审理官在人们低语声停止之后问道。

"嗯,先生,按照我的想法,把文件放到罗瑟先生口袋里的人极力想掩饰自己的身份。我们认为他在每次处理文档时都戴着手套。"

"我知道了。那么?"

"好吧,先生,我已经起了疑心,于是搜查了悬崖上铁丝网被剪开的地点周围。我在那里发现了血迹。"

"血迹!"

桌旁的人群再次因兴奋和好奇而微微颤抖。

"是的,先生。我取了一块沾有血迹的土地样本进行了分析。怀特医生证实了人血的存在。"

"这是否向您暗示了什么?"

"嗯,先生,这似乎是本案的一个特殊因素,因为无论如何，我无法理解悬崖上为什么有血迹，所有明显的证据都意图指向死者是跌倒而死。我不得不强烈怀疑死者在跌落悬崖*前*是否已经死亡。"

"谢谢。就这些。"

在警司根据证据得出结论后，陪审团陷入了激烈的推测和争论。他们来参加聆讯之前，相当确信威廉先生是自杀。亨德利医生在村里发表了这一肯定意见。四处打听消息之后，*他们*对亨德利医生的意见确信无疑。那个8月的清晨，他们会集在农舍，准备做出那令人不快但无法避免的判决。现在他们困惑不已。警察讲述的证据似乎正在迫使他们有责任做出更加令人不快又出乎意料的决定。气氛陷入焦灼，整个房间好像突然很闷热，死因审理官表现出了他所代表的法律的威严和铁面无私。在怀特医生谈到他对沾有血迹的土地进行的测试时，他们更加不适了。

最后，死因审理官进行总结——在厨房拥挤的环境和沉闷的气氛中，他嘶哑干涩的声音喋喋不休起来。有三件事要考虑。是意外吗？是自杀吗？还是谋杀吗？在他看来，铁丝网被剪开的事实排除了这是一起意外。死者了解悬崖小路的危险，在他口袋里发现了那份奇怪的文件，那是自杀吗？乍一看，死者似乎是故意自我了结。然而，仔细研究证据之后，似乎有理由怀疑事实并非如此。第一，死者右侧卧，左太阳穴的致命伤口朝上。如果伤口是跌落造成的，他是如何翻身的？第二，据警方目击者称，虽然悬崖下方满地都是大石块，但致命伤口周围没有明显的划痕。这是否表明伤口在跌倒*之前*的某个时间就已存在？也许在悬崖顶上之时，在发现血迹的断裂铁丝网附近？

要考虑这份奇怪的文件。文件被放在死者口袋里，却没有留下一个指纹。难道某个陌生人导演了整出恐怖事件，目的是让本案看起来像自杀，而实际上却完全不同吗？这给了他们第三种选择——谋杀。死者在悬崖小路上受到袭击，因左太阳穴受到猛烈击打而死，*然后被扔下悬崖*？似乎有证据可以证实这一假设。但是，陪审团应在没有偏见的情况下仔细检查所有证据，并据此查明真相。如果陪审团认为这是故意杀人案，那么应该根据现有证据，确定凶手或凶手们的名字。在死因审理官看来，没有这类证据。

正如奥伊勒先生所料，陪审团在他讲话结束时决定退庭。成员们紧随凯特·阿宾沃思出门，钉满钉子的靴子发出笨重的脚步声，随后他们将乔克兰饭厅的大门紧闭。

20分钟后，他们重回厨房，神圣地走回厨房桌旁的位置。梅瑞狄斯猜测陪审团会给出死因不明的判决，没想到，陪审团宣布这是一起"由一位或多位不明身份者制造的谋杀案"。警方的证据似乎比他想象的还要引人注目！

第十一章

风波再起

那天早上,芬登克拉克汽修厂的老板锡德里克要接待一个生意上的朋友。自从梅瑞狄斯上次检查过之后,约翰·罗瑟的那辆希尔曼车的风挡玻璃和仪表板都已经修好了,血迹也仔细清除了,连车身都全部重新喷漆了,锡德里克想把它卖掉。为了和当地人信息同步,他跟进了前一天晚报上刊登的聆讯报告,陪审团的调查结果令他颇为震惊。威廉的死更是令这辆车的出售陷入了困境。现在要是想继续出售该车,克拉克就得前往乔克兰取得罗瑟太太的授权。而桑顿11点就要来,所以早餐后他就跳上摩托车,直奔乔克兰。不过他没能见到珍妮特·罗瑟(管家说她还在床上休息),因此他传了话给罗瑟太太,收到了继续出售该车的许可。

11点,蒂姆·桑顿那辆饱经风霜的车子嘎吱嘎吱地开上来,发出一阵阴郁刺耳的刹车声,停在了汽油泵旁。

"这车可够醒目的,肯定——"克拉克说,"节油,是吧?"

桑顿是个大块头,有着沙黄色的头发,脸上挂着姜黄色的胡子,一脸懒洋洋的样子。他不紧不慢地从车里爬出来,在原地打量着克拉克汽车修理厂的门面。

"打扰了,您能告诉我附近是否有汽车修理厂吗?我知道有个叫克拉克的傻瓜在这个偏僻的村子开了一家。"

"我看你需要修理一下了。"克拉克对着破车点点头,拍了拍桑顿的后背,刻意回击了一句。"进来吧,兄弟,看看我们能为你做些什么。我这儿还有一辆事故货车。要借用吗?"

"啊!"桑顿跟着朋友经过一间徒有其名的办公室,走进一个狭小的房间之后,咆哮了一句。"最近生意怎么样?"

"唉,马马虎虎。懒得说了。你生意怎么样?"

"还不错。这地区有点儿不太平,是吗?"他点燃香烟之后继续说,"从昨晚的报纸上看,他们还觉得那个叫罗瑟的小伙子是被谋杀的。"

"是的。"克拉克点点头。"有意思。先是在西斯伯里山下发现一起案件,现在看来威廉·罗瑟也被缠进去了。也算是家族诅咒了哈?"

"那辆希尔曼方便看吗？"

"在后面，蒂姆。想看看吗？"

"嗯，我得在12点之前回去拜访客户。"

"那我们得快点了，老家伙。如果你要用外面那辆手摇风琴样式的小破车往回赶，还一点都不能耽误呢。我敢打赌，*那破车从来不用担心48公里的限速*……"

"你还是有空刷刷你的破油泵吧。"桑顿跟着克拉克走过由车子构成的迷宫时说道。希尔曼停在主车库的一个角落，"啊，这就是那辆小可爱吗？"

"就是它。像新的一样，才跑了9000公里，刚喷过漆，全新的风挡玻璃，优质的轮胎和……"

"一直到本季度末的行驶证。"桑顿嘲笑着继续说。"得了。废话少说，那些天花乱坠的销售话术对我没用。把引擎盖打开，我会马上告诉你这是不是我顾客的菜。我答应了他物美价廉，我一直口碑很好的。不像有些家伙。"

"那你这就来对地方了。"克拉克说着，抬起引擎盖，用检查灯照着发动机。"看看，内部没问题的，老兄。"

然而，就在桑顿要弯腰检查引擎时，他突然惊叫一声，退了一步，认真地打量起这辆车。

"喂，等一下——我以前见过这辆车。在你给这车喷成这丑陋的颜色之前,车子是浅绿色的,是吧?"

"对。你怎么认出来的?"

"看到电池夹上的那两个黄铜头螺母了吗?是我修的,车主把车在我这儿停了一星期。"

"这是什么时候的事?"

"说不准。我敢说是几个月前。这家伙在18个月或者更早之前就经常周末把车停在我这儿。有意思吧?"

"他长什么样?"

"矮胖健壮的那种。红脸盘,大嗓门。一看就是农民。他说他叫里德。"

"里德?"克拉克的声音相当激动。"那不是里德。那是罗瑟。绝对不骗你!那就是约翰·罗瑟,在西斯伯里山下被谋杀的家伙。你没在报纸上看到他的照片吗?"

"哪有时间看啊,兄弟。我都是听无线广播来了解新闻。那就是约翰·罗瑟是吗?好吧,太惊讶了。在人们播报关于他的紧急求助广播时,我完全没想起来我曾经遇到过这样的家伙。他用这么个假名有点奇怪啊,是吧?"

"要我说,是够怪的,"克拉克附和道,"太奇怪了。我觉得梅瑞狄斯警司得知道这消息。我马上告诉他。他一定会来见你的,蒂姆。"

桑顿开怀大笑。

"有点像审问嘛,嗯?我可不觉得自己能为他提供什么帮助。他是调查这些谋杀案的警察，不是吗？"

"你绝对不知道，"克拉克意味深长地说，"这些警察收集各种奇怪的证据，再将它们拼在一起，然后在你还没搞明白的时候就把某个浑蛋送上了绞刑架。对了，那辆车怎么样？"

"再考虑一下，"桑顿说，"我想会很合适。我上次见到这辆车时，这车还跑得很不错。"

10分钟后，这笔交易就做成了，桑顿在街上的一家酒吧里匆匆喝了一杯，就坐上他的四轮车，嘎吱嘎吱地朝着村子往下走了。

克拉克回到办公室，拿起了电话。几分钟后，电话转给了梅瑞狄斯。

"克拉克先生，电话来得很及时。我今天早上正好要去乔克兰。怎么了？"

克拉克解释了他与桑顿的谈话。梅瑞狄斯立刻兴致勃勃。

"听我说，我等会儿顺便过去一下。那您就可以给我详细讲讲了。"

虽然梅瑞狄斯并不期望从这些新信息中有多少收获，但他不会忽略哪怕最细微的线索。在调查中，一件事情会引出另一件，从长远来看，往往最终能够找到罪犯。尽管他现在倾向于认为穿斗篷的人是本案的主角，但他仍然对此人在本案中扮演的角色有所不解。巴尼特说罗瑟在布赖顿度过了那些周末，那么他可能就是那时与要谋杀他的人有了联系。是的，毫无疑问，这条新的线索应该要继续追踪。

警车停下时，克拉克正站在油泵旁抽着烟。这两个人立刻钻进小办公室。克拉克上报了他从桑顿那儿获得的所有信息，还添油加醋地润色了基本细节。不过梅瑞狄斯很快从一堆信息中筛出了有用的部分。

"桑顿的修理厂在哪儿？"

"您知道贯穿桑普廷和兰辛的阿伦德尔-布赖顿路吗？"梅瑞狄斯点点头。"好，就在穿过埃德河的收费桥之后那个十字路口。"

"我知道那个地方。就在那附近，是吗？"

"对，就在十字路口朝布赖顿一侧几百米。地方很新——我觉得装饰有点浮夸。但是老桑顿就这样，他喜欢标新立异。"

"我明白了，谢谢。我会开车到那儿，尽快与您的朋友谈谈。您能给我打电话真是太感谢了。"

"哦，不用谢！我知道你们的工作。您还有其他想了解的吗？"

梅瑞狄斯急着想赶往农舍，便摇了摇头，转身跳进车里，让霍金斯踩油门加速前进。深蓝色的小警车像步枪的子弹一样沿着马路飞驰。不到十分钟，车就停在了白色长廊前。

凯特·阿宾沃思迎接警司进来，又准备去告诉珍妮特·罗瑟警司在客厅了。

"罗瑟太太说她不想被打扰，但是，我肯定她会见你的，警官。她现在躺在房里。"

在管家离开时，梅瑞狄斯在心里预演了一遍他的质询方式。他现在意识到，如果要从女孩那里问出真相，必须要用一用传统的逼供了。她一直以来都有所保留。现在，是她把约翰·罗瑟的尸体放到了窖上这件事似乎确定无疑。伪造的供认状似乎也出自其手。如果穿斗篷的人涉嫌犯罪，那么珍妮特·罗瑟就是一个可以确认他身份的人。她必须得说话。他得让她感到魔鬼般的恐惧，恐吓她把事实完全供述出来。

凯特·阿宾沃思回来了。梅瑞狄斯抬起头，看见她孤零零一个人。

"罗瑟太太还在梳妆吗？"他突然说。

"哦，亲爱的警官，"管家激动地说，"我也不知道。我反复敲门，但一点儿回应都没有。而且她的门反锁了。我叫她开门，但她……"

"您最后一次去找罗瑟太太是什么时候？"

"大约九点，警官，就是修车厂的人打来电话时。我隔着门跟她说的话。"

"您没看见她吗?"

"没有,警官。"

"她吃早餐了吗?"

"没有,警官。昨晚她特别告诉我,今早不要打扰她,虽然修车厂的人打来电话时……"

"我知道了。"梅瑞狄斯突然激动起来。"带我去她的房间,好吗?"

他跟着管家沿着走廊往上走,顺着宽阔曲折的楼梯向上,到了二楼第二个较窄的走廊。在左边的第一扇白门前,阿宾沃思夫人停了下来。

"这里吗?"管家点点头。梅瑞狄斯快速猛烈地拍打着这扇门,大声问罗瑟太太是否在里面。他细细听了听,没人回答。他用拳头猛搥,又喊了一次。仍然没有回应。

"哦,天哪,警官!噢,天哪,警官!"阿宾沃思太太紧张到快要哭泣了。"这是什么意思?我希望什么都不是……"

梅瑞狄斯打断她的话,说:"我们必须闯进去。退后一下,看在上帝的面上,别慌。"

梅瑞狄斯竭尽全力,把肩膀往门上一撞。门一动不动。

"楼下有煤锤吗?有吗?那快下去把它取来。我去把我车上的警察叫来。"

梅瑞狄斯和霍金斯一起回来时,凯特·阿宾沃思正拖着一把巨大的煤锤,气喘吁吁地走上楼梯,警司接过煤锤,向后一挥,再砸向门锁上方的门板。木头碎屑纷纷落下,大半块门板塌陷了,留下了一个很大的洞,透过它可以看到整个房间。梅瑞狄斯没有多想,他把头伸进去四处张望。房间是空的!

"也许她在橱柜里上吊了,警司!"霍金斯大叫。"就像我们发现的那个老女孩一样,在……"

"闭嘴,你这个笨蛋!"梅瑞狄斯呵斥道,警惕地瞥了一眼凯特·阿宾沃思的方向。"如果你想帮忙,就只管行动,别胡思乱想。"

说完这一明智的建议,梅瑞狄斯做出了一个实际示范,他将手伸入门内,想转动锁中的钥匙,没想到里面竟然没有钥匙!

"天哪!"梅瑞狄斯突然喊了一声。"这扇门是从外面锁的。她随身带了钥匙。这儿,用锤子把锁锤开。我想快点进去!"

可是一进入房间,梅瑞狄斯对那个女孩逃跑了的猜测就有了充分的证据。床上、地板上堆满了零碎的衣服、鞋子、纸巾和废弃的衣架。乍一看就知道距珍妮特·罗瑟在这个房间里疯狂地收拾才不过几个小时。为什么呢?梅瑞狄斯会心一笑。这是那位聪明小姐罪行的力证。

在他和霍金斯彻底搜索该房间时，梅瑞狄斯想："那我现在该怎么办？我们没有足够的证据来逮捕这位年轻女子。局长肯定会反对。不行，我们必须追踪到她的下落，之后持续监视她，直到我们*确实*掌握足够的证据来逮捕她。"

他脑中已经忙着制订战斗计划了。要在附近大致询问一下，看看那天早上是否有人看到她离开了。得打个电话给警察厅，让他们问讯伦敦的律师。警察令中还得加入对失踪女孩的描述。还要监视港口，确认她是否离开了本国。

无论如何，他都不会相信她只是出门去拜访朋友了。如果不是希望自己突然消失，谁也不会悄悄收拾行李不告而别。不，珍妮特·罗瑟绝不是为了离开去和利特尔汉普顿的姑妈待一个星期！

"有什么发现吗，霍金斯？"

"没有，警司。"

梅瑞狄斯转向凯特·阿宾沃思，过去五分钟里，她一直在房间里喊"噢，天哪"，又总不合时宜地待在不需要她的地方。

"我希望您暂时对此保持沉默。明白吗？我会向巴尼特先生说明此事的原委，请他负责照顾这里。说实话，"

他宽慰地补充道,"对于罗瑟太太的不告而别,可能有一个非常简单的解释。别忘了,在过去几天经历了各种苦难之后,她早就焦虑不堪了。所以,看在上帝的分上,阿宾沃思太太,别难过。十之八九我们会在12小时内让您的女主人毫发无损地回到这里。当然,前提是她只是出门去拜访朋友。"

但是凯特·阿宾沃思拒绝接受安慰。

"别这样,警官。您不能骗我这样的老妇人,我*知道*我们再也见不到罗瑟太太了。这个家里有只手,您注意听着——邪恶之手。就像我的名字叫凯特·阿宾沃思一样千真万确,这只手的阴影笼罩了整栋房子。先是约翰先生,再是威廉先生,现在……"

"听我说,"梅瑞狄斯温情地笑着打断道,"我想不如下楼去给我们泡杯茶?您可以的,对吗?听我说,"他补充道,"别再一惊一乍,不然我带您去警察局。明白吗?"

管家收敛了眼泪和预言,就下到厨房去了,过了一会儿,两人和她一起喝了一杯茶。在他们离开农舍前往利奇波时,好心的老太太恢复了一点生气。邪恶之手的阴影似乎消退了一点。

在梅瑞狄斯穿过草地来到他身边时,奥尔德斯·巴尼特正坐在他茅草盖的避暑别墅里,醉心于他的最新小说创作之中。梅瑞狄斯带来的消息显然使他感到不安,他全然不知珍妮特·罗瑟离开的原因,自然也就无法说明她的目的地。他给了梅瑞狄斯一两个地址,包括她几位律师的地址,但他更认可警司的想法,即她的失踪不只是为了换个地方透气。他答应如果珍妮特没能出现,他会处理乔克兰的事务。除了利特尔汉普顿的姑姑,他不认识罗瑟兄弟或者珍妮特的任何亲戚,不知道谁能随时提供帮助。他建议将阿宾沃思夫人送到阿伦德尔她那成家了的妹妹那里,然后暂时关闭这所房子。梅瑞狄斯承诺在新调查进行时与他保持联系,随后结束了谈话。

回到刘易斯,梅瑞狄斯用剩下的时间处理了局里大量的日常工作,这些工作累人又无趣,但如果要找到珍妮特·罗瑟的下落又必不可少。夜幕降临时,只有一条令人振奋的信息传来。警察厅的警员会见了罗瑟家族的律师,虽然他们对珍妮特的事务三缄其口,但警方陈述了以下事实:①威廉·罗瑟无条件地将一切财产遗赠给妻子;②如今,威廉的遗产又包括了他哥哥留给威廉的所有动产和不动产;③罗瑟太太指示他们将约翰的工业投资全部变现。律师们认为这不可能马上完成,因为在罗瑟太太可以从丈夫的遗嘱中受益之前还有许多法律程序。她需要签署一系列文件,而根据指示,所有与该事项有关的信件都将转寄给肯辛顿商业街的邮局。警察厅正在采取预防措施,要求该邮局在接下来的几天密切关注珍妮特·罗瑟是否露面。但是，他们对结果并不乐观，因为女孩很容易让别人代她取信。他们也许可以跟踪同伙从而找到女孩的地址，但也可能做不到，毕竟在城里并不容易。

梅瑞狄斯在电话中问道："将工业投资变现之后，您知道律师怎么把钱交给她吗？"

"知道，换成1英镑钞票。"

"有多少钱？"

"大约1万英镑。"

"什么！"

电话那头传来一阵笑声。"是的，我明白。我们也很惊讶。听起来不好携带，是吧？但似乎能暗示些什么。"

"您这么认为吗？"

"是的。看来这位女士急于离开国内，比起更大面额的钞票，1英镑钞票更难追查。她头脑不简单，不是吗？"

"我想她背后有高人指点，"梅瑞狄斯说，"她只是个工具。她背后的人才是我们急于找到的。如果您为我们找到女孩，那我们距离找到背后的那个人就不远了。"

"我们尽力。"

"谢谢。还有吗？再见！"

追踪珍妮特·罗瑟的下落占据了警司下周的全部时间。他东奔西走，四处询问，记下毫无结果的陈述，他因例行工作发火，也检查报告、打电话、做记录、骂人。但全都无济于事。一周过去，他什么也没找到。珍妮特·罗瑟像普罗斯佩罗①的精灵一样，和空气融为一体，毫无踪影了。他沮丧不已，忧心忡忡，又生自己的气。

证据，他想着，倒是有一堆，多如牛毛。然而，谜题的关键仍然找不到。现在看来，他是在漫长的调查过程中忽略了关键线索。也许只是一个细微的疏忽，就让这三起案件停滞不前了。现在，他准备相信，一旦揭开了约翰·罗瑟谋杀案的奥秘，那么第二起谋杀案和珍妮特的失踪案也会*随*之得到解决。这三起案件联系得如此紧密，其共同点当然是——那个穿斗篷的人。梅瑞狄斯认为，当务之急是追溯过往几个月约翰·罗瑟周末外出的情况，从而开始新的调查阶段。他得去见见蒂姆·桑顿。

在偶然的谈话中暴露的这个细微线索，是否就是谜案的关键？无论如何，这似乎仍然是他的希望。如果这条线索也一无所获，那么他可能要准备写上"案件未完"作为他案发以来艰苦调查的注脚了。

---

① 莎士比亚戏剧《暴风雨》中的主人公，是一位魔法师。

第十二章

拥有灵异之眼的人

人们都认为河畔汽修厂的老板蒂姆·桑顿是个"人物"。他个性十足,面相自带喜感,"舌灿莲花",有充裕的时间发表他对事物和人的独特看法。他习惯一边和熟人说自己赶时间要离开,又一边喋喋不休地和他们聊上半个多小时。住在收费桥附近农舍和平房里的老居民把汽修厂看作一个辩论俱乐部。只要有闲暇时间,他们就走到汽修厂去,坐在油桶上,在写着"禁止吸烟"的大标牌下点上他们熏黑的烟斗,随地吐口水,和蒂姆·桑顿闲聊。这样一来,桑顿对当地人们所说、所想和所做的一切了如指掌。

约翰·罗瑟常在桑顿汽修厂停车的传闻像磁铁一样吸引了当地老住户。桑顿有着与生俱来的戏剧天分和感染力,在描述自己与被害人的联系时,他添油加醋,让人们很难相信。

"内德,你相信我,在我注视那家伙时,我对自己说,'来了个兜里揣着死亡的人'。他看上去在劫难逃了——脸上有种可怕的恐惧。和他交谈时,我神经相当紧张。听着——他看上去很健康。内德,在你们这样的普通人眼中,他看上去和汤姆、迪克或阿里没什么不同。但是我的眼睛有特异功能。说实话,内德,我努力看某件事的时候(就像现在我看着你这样),我就能把它看透。这只是天赋,不值得吹嘘。跟生来就会喝啤酒一样。

"我第一次见到这个可怜的家伙从他的车里出来时,我心里的某个地方就咯噔一声。你可能会说,这不过是我没注意到的钟声而已。你看,我灵异的眼睛看到了一个笨蛋,我还知道我曾面对一个阳寿长短已由上天注定的人。当然,作为能够预知未来的人,我没有告诉他我*知道*的事情。'车子周末停在这儿吗,先生?'我问。'谢谢,跟我一起把它(就是他的希尔曼)推到那个角上就行。'但是当他转身离开汽车修理厂时,我对自己说:'那个家伙的裤子里塞着一根炸药,他已经准备好引爆了。'只是内德,像你这样的凡人不会多看他一眼,就是说,除非你像我一样拥有灵异之眼。"

这样的事情持续一周之后,其他人自然都意识到了约翰·罗瑟曾在该地区走动。大家都在讨论他。人们将旧报纸从煤棚里扯出来,从更个人的角度重新审视了这一案件。居住在收费桥附近的好心人开始接受桑顿对被害者的分析。蒂姆·桑顿的名声飙升到了相当高的高度。

8月底某个星期一的早晨,就在这高度紧张的气氛中,梅瑞狄斯开车光顾了这里。虽然他身着便服,但霍金斯仍穿着制服,停在河畔汽油泵旁的那辆闪亮的警车引起了巨大的轰动。蒂姆·桑顿带着梅瑞狄斯走进附近的平房之后,这天一直待在修理店里的杰克·费里斯,偷偷摸摸地在路上散播了这一消息。中午,整个小村庄都知道了警察正在该地区进行调查。小孩子们从学校溜出来,从午餐时间中偷出了20分钟,聚在蒂姆的平房外,瞪大眼睛紧紧地盯着警车上的霍金斯。

平房里的梅瑞狄斯正与这位目击者斗智斗勇,这位目击者知道的情况并不少,但话倒显得太多了。蒂姆·桑顿意识到机会终于来了,他准备好好表现一番。这段对话日后可能会被收录进犯罪编年史。

梅瑞狄斯说:"我想让您完全确认两点。第一,那人是约翰·罗瑟;第二,那辆车是罗瑟的希尔曼。桑顿先生,如果您说不清以上两点,坦白地说,您对我们将没有任何帮助。好吗?"

"好。"蒂姆·桑顿深深地吸了一口气。"好吧,您看,就像这样——一个星期六的下午,正当我要给屠夫的面包车后轴上润滑油时,一个矮小的红脸盘……"

"那是几号?"

桑顿逐渐停了下来,吃惊地盯着梅瑞狄斯,准备继续说他没说完的话。他不习惯被打断。

"好吧,正如我说的那样,一个矮个子,红脸盘……"

"但是我必须搞清楚日期,"梅瑞狄斯坚持说,"是去年,上个月,昨天还是什么时候?"

桑顿看着警司,诡诈地咧嘴一笑。

"不可能是昨天,是吧?他已经死了一个多月了。"桑顿眨了眨眼。"你们这些警察用这点小把戏,就想难倒我。"

"我只想知道您第一次见到此人的日期。"梅瑞狄斯不耐烦地问道。

"我想大概是18个月以前。我再想想,2月我得了流感,见到他大约是在那一个月之后。那就是大约3月底,我第一次见到他。"

"好。然后?"

"好,我刚讲到哪儿了?这些问题把我打乱了。哦,我想起来了——一个开希尔曼汽车的矮个子红脸盘男人进来了。我注视他时,我心里的某个地方就咯噔一声。您不会相信那是什么,我和您说,警长。这是我的灵异之眼有了某种新发现。我应该一开始就解释一下,我*拥有灵异之眼*。我可以像X射线透视人体一样透视我看到的东西……"

"现在，在我们更深入探讨之前，请给我一个关于此人外貌的更简洁的描述。例如，他多大？"

"不年轻。"

"确实，但这意味着他可能是40岁到100岁之间的任何年龄。桑顿先生，您得试着更精确些。"

"好吧，警长。那我应该说他大约40岁。"

"您说有点矮，红脸。还有其他特点吗？"

"有——他的眼睛。他的眼睛里充满了恐惧。'蒂姆·桑顿，'我心想，'这家伙裤子里有一根炸药。'当然，意思是……"

"听我说，"虽然梅瑞狄斯心里已经被桑顿的言语表达逗乐了，但他突然说，"您必须围绕朴素的事实。他通常穿什么衣服？"

"大号灯笼裤套装，我这样说是因为他衣服的膝盖周围很宽大。是那种运动款，一般是棕色的。但是我印象中有一两次他穿了法兰绒长裤。"

"这就是我所需要的信息。"梅瑞狄斯眉开眼笑地表示赞同。"他说话的口音如何？"

"很好。不是嘻嘻哈哈的那种，如果您想要更精确些，那么他是一位绅士。"

梅瑞狄斯从口袋里掏出一沓照片，铺在脚下的地毯上。

"在这些照片里您能认出那家伙吗？"

桑顿甄别了一会儿，选出了其中一张照片。

"那就是他。"他得意扬扬地说。"您可以看到我对他眼睛的描述是什么意思。一副死气沉沉的样子，好像死神的竖琴已经响起来召唤他似的！当然，我的灵异之眼很快就读懂了……"

"好吧，那确实是约翰·罗瑟。"梅瑞狄斯插了一句。"第一点解决了。另外，您告诉克拉克先生，您通过两个黄铜螺母认出了这辆车。您为何如此确定是同一辆希尔曼？"

"因为那些螺母是某个周末我自己上的。这个牌子的电池夹通常用黑色螺母固定，看到了吗？我碰巧手边没有，所以我在修理过程中临时做了一些调整。他车子的一个螺母松了，还有一个掉了。"

"我知道了。罗瑟先生多久在这里停一次车？"

"夏天的每个周末几乎都来。冬天不那么规律。有时他一个月或更久都不出现。"

"您最后一次见到他是什么时候？"

"这我可是印象深刻，警长！听我说，我的特异功能感应——这是个您理解不了的专业说法——那天下午，我的特异功能感应很强烈。看到那可怜人如此欢快，全然不知悬在他头上的厄运，我感到无比绝望。我可以看到从他眼神中流露出的死亡。我能做的就是保持我的惯常方式，抑制住自己想提醒他的心情。您会发现，命运一旦定下，无论任何警告，都无法避开即将发生的事。可怕的想法，不是吗？例如，如果我在您的眼睛里看到死亡，并预言您迟早会死于车祸，您感觉如何？很可怕，是吗？"

梅瑞狄斯大笑道，"那我就骑自行车。"

"也许吧，但是您没法欺骗命运。听我说，拥有灵异之眼并不轻松。我为那人感到难过。我直说了，警长。"

梅瑞狄斯坚定地说道："这就回到了我的问题，您最后一次见到约翰·罗瑟是什么时候？"

"我想想，大约是在我患上哮喘后的两个星期。那就大概在7月初。我觉得他最后一次在这里停车是在7月的第2个周末。"

"他总是一个人吗？"

"对。连个妞儿他都没带过。总之，他看上去不是那种人。"

"他离开汽车修理厂后，去了哪里？"

"这点很有意思。"桑顿说着，又深深地吸了一口气。"我自己也想过。您看，他曾从车上拿出一只小手提箱，然后朝着收费桥的方向沿着马路向上走。之后他沿着河岸向右转，匆匆往斯泰宁路上去，我就看不见他了。现在很多闲来无聊的老家伙来我的汽车修理厂站着闲聊天。当他仓促跑掉的时候我也很意外，但我从这些爱吹牛的老人那儿了解到了一点东西。几天前我对杰克·费里斯说，'那是约翰·罗瑟，你认为他周末待在哪里？科德少校家吗？'而杰克说，'绝对不是，我看到他经常在周六下午经过我的小屋，而我就住在少校家大门旁边。'嗯，一个一个聊下来，我了解到罗瑟似乎是直直地沿着斯泰宁路走，然后突然消失的。就像蒸发了一样。好笑吧？就像大热天一滴水落在地上一样无影无踪。"

谈话开始以来，梅瑞狄斯第一次产生了浓厚的兴趣。他发现，自己通常是在收集到意外的线索时会不断感受到喜悦和满足。这绝对不寻常，一定很重要。

"您确定他不是溜进了其中一间小屋？"

"当然确定。沿着这条路上去，一直到偏远的布兰贝尔，杰克的家就是最后一座小屋。"

"布兰贝尔？"

桑顿解释说："斯泰宁靠近这边的小村庄。那里有一座城堡和一座自然怪兽博物馆——三条腿的鸭子，两条尾巴的羔羊，好几个脑袋的小牛，等等。各种怪物。"

"啊，我想起这个地方了。也许罗瑟一直往前，走到了那个村庄。您说他失踪——您具体指的是什么意思？"

"好吧，布赖顿和斯泰宁两地间有公共汽车服务。我们大多数人都知道乘这条路线的是哪些人,明白吗?所以当时杰克出于好奇问过,'在大多数星期六下午3点左右,有没有看到过一个手提行李箱的家伙步行到布兰贝尔?'而比尔说,'不,我的记忆力很好,路上看到的一切我都记得,但是对你说的人没有印象。'根据人们对罗瑟的描述,他确定他从没载过长相符合这种描述的乘客。听我说,警长,他就是人间蒸发了。"

"他能乘船沿着河流向上吗?"

"不可能。在埃德河那个河段上停泊的小船并不多。您大可相信我说的。"

"听我说,"梅瑞狄斯愉快地说道,"我想您不会介意跟我一起上车,带我看一些地方,对吗?"

"当然啦,我很乐意。"桑顿低沉而坚定地说。"我的工作忙得不可开交,但是我离开一会儿,它也跑不掉。我去取个帽子,告诉那个小伙子我要到街上一阵。等会儿到汽油泵旁和您会合。"

几分钟后,霍金斯将汽车掉过头,驶向收费桥。在那儿,他按照指示向右急转,沿着与河的左岸平行[①]的宽阔道路行驶,车子发出低沉的轰鸣声。最初,在道路的右侧有一些农舍,沿路偶尔冒出一座高一点的屋子,然而,才

---

① 为了简化梅瑞狄斯调查的这部分,省略了一条铁路。作者注。

开出800米,最后一座房子就也被他们甩在身后,路沿着平缓的丘陵脚下孤零零地向前延伸。

桑顿突然竖起大拇指,冲着最高的那座绿草茵茵的山丘大声宣告:"桑德斯巴罗山。"

梅瑞狄斯点点头,命令霍金斯向路边驶去。他们离杰克·费里斯的小屋不过400米。

"桑顿先生,根据您的说法,他一定是在这里附近的某个地方使用了他的消失术,是吗?"

"您说得对,警长。在弯道后面,您只能看到杰克小屋的屋顶。"

梅瑞狄斯下车,花了不少时间细致地调查了这一地点。在他右边,丘陵像光秃秃的骨头一般,没有丝毫的遮盖。上面点缀着一两座农舍,更高处有几个谷仓,可是,如果有人走向这些地方,在数公里之外就会惹人注目。在他左边,有一个陡峭险峻、林木茂盛的路堤倾斜到河边,梅瑞狄斯可以看到垂柳和桤木伸出的树枝闪烁的光泽。对于那些不想被人从马路上看到的人来说,高大的灌木丛、树丛与其下方肆意生长的茂密灌木丛,简直是一个完美的隐秘之所。在梅瑞狄斯看来,如果罗瑟突然消失了,那么他一定是朝着这个特定方向消失的。但是,重点是什么呢?即使这个荆棘丛生的灌木丛沿河岸一直延伸到布兰贝尔,罗瑟也要花几个小时才能走完这段路,他带着行李箱，就更是如此。何况如果有人听到他踩着脚下密密麻麻的干枯树枝前进的声音，就可能从路边注意到他。

另外，还可以确定他的周末不是在河边的灌木丛下坐着度过的。他为什么到那偏僻的地方去？他是怎么消失的？这些奇怪的周末与他随后被谋杀的动机有关吗？有人勒索他吗？是不是因为勒索人反被曝光威胁，太绝望了所以撕票？

梅瑞狄斯对桑顿说："我想见见费里斯，以及其他任何您认为可以给我提供任何信息的人，可以带我去走走吗？"

"当然了。"桑顿说。

但是，杰克·费里斯和路边的其他居民对于解决这一谜案几乎毫无助益。费里斯坚称他经常看到罗瑟在星期六的下午从他的窗前经过。他还看到罗瑟在周日晚上约9点钟返回桑顿的汽车修理厂。桑顿说罗瑟通常在周日晚上9～10点来取他的车。对，他总是提着手提箱。有一次，费里斯看着他沿着通往布兰贝尔的路走去。他回头看了几次，似乎怀疑自己被人看到了。最终，他在弯道处不见了踪影。其他村民证实了杰克的说法。但是，仅此而已。梅瑞狄斯有点失望。

"这条路线的公共汽车服务公司叫什么？"在开车回修理店时，他问桑顿。

"南方丘陵。"桑顿回答道。

"总部呢?"

"在布赖顿的车站路。"

"谢谢桑顿先生。非常感谢您抽出这么多宝贵的时间。我希望您的信息可以让我们有些突破。"

"伸张正义,"蒂姆·桑顿说,"就是我想要的。以眼还眼,以牙还牙。简言之,这就是我的观点。人们无法逆天改命,但可以把一些东西抬升到命运代行者的高度。看到那个可怜人走进修理厂的那一刻,我心里的某个地方就发出了声音。这很难给普通人解释明白,但正如我之前说的,我有灵异的……"

可惜,梅瑞狄斯已经在路边100米外挥手告别了。

"左转往收费桥走,"他命令霍金斯,"我想去布赖顿。"

第十三章

戴墨镜的人

在等待同事们打探珍妮特·罗瑟的行踪时，梅瑞狄斯对新一阶段的调查产生了显著而浓厚的兴趣。他开始回顾第一次谋杀，他不是从约翰·罗瑟死后发生的事情，而是从更模糊的角度来审视此前发生的一切。实际上，他正试图建立约翰和穿斗篷的人之间的联系。那些奇怪的周末极有可能与他后来的死亡有关。有人在一周7天中有2天不见踪影，却没人能说出他去了哪里。巴尼特曾误以为约翰周末在布赖顿拜访朋友，但这个想法现在完全不能采信吗？罗瑟没有沿着通向度假胜地的路继续前进，而是将车停在了一个车库里，再步行前往斯泰宁方向。为什么？难道除弟媳外，还有一个女人？但罗瑟难道想不出一个更为低调的方式来见她吗？

另一种解释则是勒索。也许罗瑟被迫每周联系某个将他玩弄于股掌之间的恶棍,为了让那人"保守秘密",他只得分几次支付封口费。但如果他想掩盖事实,这种方法似乎又太过轻率。

梅瑞狄斯认为,无论罗瑟的动机如何,他一定在进行某种秘密行动。

一方面,他声称自己这些周末是在布赖顿度过的,来误导巴尼特和乔克兰的其他人。而现在看来,这些周末他显然不是,至少不全是在布赖顿度过的。

另一方面,据河畔路边的各位村民证实,他们最后看到罗瑟是在他去布兰贝尔或斯泰宁的路上。现在梅瑞狄斯看过了地图,所以知道从华盛顿到那几个村庄还有一条直接得多的路线。那条路绕过广阔的钱克顿伯里山,路程仅6.5公里左右。罗瑟没有走这条明显的捷径,而是选择从芬登、桑普廷和兰辛一线绕行,路程至少25公里。如果罗瑟想要在避人耳目的情况下到达布兰贝尔或斯泰宁,他显然不会选那条较短的路线,以免被当地人认出。他还暗示人们自己去的是布赖顿,所以他得沿着布赖顿路行驶来维持人们的这种错觉。但罗瑟对这些周末神秘地三缄其口的原因对梅瑞狄斯仍然是一个谜。

梅瑞狄斯突然想到了很重要的一点,或许也是他所预期的案件谜底中至关重要的线索,即那个孩子在斯泰宁上方丘陵发现的沾有血迹的斗篷和宽檐帽。换句话说,在约翰·罗瑟遇袭被害后，无名男子曾沿布兰贝尔-斯泰宁一线移动。将这一事实与罗瑟在同一地区周末出现的怪异现象相结合，无疑暗示了另外两个重要事实。其一，穿斗篷的人可能居住在其中一个村庄。其二，罗瑟曾与他秘密会面。这两项事实相互依存。只要证明其中一项事实成立，另一项也随之成立。梅瑞狄斯决定在布兰贝尔和斯泰宁进行走访，期待着可能会有人在某个周六或周日看到过罗瑟。

同时，他最好再问问那些在布赖顿-斯泰宁公交路线上工作的人，进一步调查桑顿提供的证据。

梅瑞狄斯轻松地找到了南方丘陵公共汽车公司总部。公司壮观的建筑矗立在布赖顿的车站路前，宽敞的车库内停满了人们熟悉的蓝色公共汽车。

没等多久梅瑞狄斯就联系上了公司经理。他向对方解释了来访的原因，请求与那条路线上的工作人员聊聊。

经理瞥了一眼车库的时钟。

"好，只是估计得等他们10多分钟，如果您愿意等的话……"

"谢谢。我会等的。那条线路有几个工作人员？"

"只有两个。"经理解释说，"这是班车服务。只有一辆班车。司机叫布朗，售票员叫吉尔。这条线没什么常客，所以我们认为没有必要进行轮班。员工们在工作期间有充裕的时间休息和进餐。"

"周末也如此吗?"

"一般来说是的。只有员工们放年假时才有所调整。"

"我知道了。谢谢。您不用管我,我四处逛逛等公共汽车进来。"

不到10分钟,一辆单层小汽车就驶过巨大的滑动门,逐渐停了下来。两人刚下车,梅瑞狄斯就穿过来拦住他们。他以惯用的方式简洁陈述了自己的工作,随即开始提问。

"那你们周六下午的那趟怎么样?在3点钟左右,你们大概开到收费桥附近了吧?"

司机布朗点了点头。

"是的,我们一般3:25到达那个十字路口。"

"到布兰贝尔呢?"

"准确地说是3:43。"

"从我刚才的描述中,你们谁可以发誓在你们提到的这段时间之间,在收费桥和布兰贝尔之间的任何地方看到过罗瑟这个人吗?"

"不能,"布朗想了一会儿后说道,"要问我的话,我不能说我看到过。"

"您呢?"

售票员吉尔摇了摇头。

"我也不能保证。那条路线上的人也一直在讨论,所以我有足够的时间考虑这个问题。我也认为,如果那个叫罗瑟的家伙当时在路上,我应该会注意到他,尤其是如果他还提着手提箱。很少会有穿着灯笼裤的家伙在孤零零的路上走,是吧?明白我的意思吗?"

"完全明白。"梅瑞狄斯点点头表示赞同。"既然您这么善于观察,请告诉我,您是否曾于星期六的下午在沿着那段路的任何地方搭载常客?"

吉尔仔细地思考了一下问题,然后犹豫地说:"嗯,有个怪异的老家伙经常在水泥厂外面上车,是吧,吉姆?"

布朗拉长声音说,"是的,当然有他。虽然我不认为他会引起警司的兴趣。他是个温和的矮子。连个苍蝇都不舍得拍。"

梅瑞狄斯竖起耳朵听着,他一直很警觉,甚至连最细微的线索也不放过。

"别担心,任何一点证据,无论您觉得多么微不足道,都可能对我们有用。我想听你们多聊聊关于这个老家伙的事。好吗?"

"好,"吉尔随口就开始了,"就像我刚说的,我们总在星期六遇到这个家伙。我特别注意过他,是因为他和我们在那条路上搭载的一般人不太一样。我得说他是个文化人,总穿一件老式诺福克夹克,我小时候穿过的那种。还有现在很少见的那种紧身马裤。他经常会在胳膊下夹着几本旧书,以便在车上阅读。但是他的视力一定不太好,因为他只能将书放在离鼻子没几厘米的地方。他还戴着一副墨镜,不苟言笑。我只跟他交流过天气,这就是我对他的了解。有时他会带着蝴蝶网,用皮带在肩上挂一只小箱子。我们觉得他是博物学家,不是吗,吉姆?"

听着吉尔的描述,梅瑞狄斯的兴趣激增,露出了难得的兴奋。吉尔精确地描绘出了这一人物的奇特之处,梅瑞狄斯不由得怀疑起来。老式服装、书籍、蝴蝶网、墨镜,老家伙显然不喜欢说话,这些事实使这个与探案打了半辈子交道的男人大声疾呼:暗示太明显了!

他突然说,"这些水泥厂——究竟在哪里?"

"在布兰贝尔外2.4公里处。"

"附近有房子吗?"

"没有。"

"那您认为那个老家伙从哪里来?"

"啊,"布朗说,"就是这个问题。我也在这儿问过弗雷德一样的问题,但是我们看到蝴蝶网时,我们觉得他一定是从山上走下来的。"

"他在哪儿下车的?"

"布兰贝尔。"

"冬天有没有载过他?"

"有过，一两次。"

梅瑞狄斯放声大笑。"他一定发现在圣诞节前后丘陵上很冷，是吗？"

"确实，这确实是重点！"吉尔大声说。

"他冬天从哪里来？我从没想过。"

"有没有在星期日晚上八九点，又把他载回去过？"梅瑞狄斯只要一想到，就立刻提出他的问题。

两人互相看着对方，点了点头。

"确定吗？"梅瑞狄斯又插了一句，兴奋之情几乎溢于言表。"他还是在布兰贝尔上车吗？"

"是。"

"那他下车呢？"

"和以前一样在水泥厂下车。"

"太好了！"梅瑞狄斯大声说，脸上露出了藏不住的笑容。"我不介意告诉你们，自我开始进行这项可恶的调查以来，你们给我提供了最有用的信息。你们给了我大量可以思考的内容。还有一点，你们有没有注意过，每次这个老家伙在布兰贝尔下车时，有没有人遇到过他？"

"从没有过。"吉尔说。"我确定。"

"好了，"梅瑞狄斯轻快地说道，"我不好再占用你们的午餐时间了。我就想在笔记本上记下对这个人的完整描述，也提醒自己时刻记得，还想留下你们的家庭住址以便将来叨扰。现在请看看我是否写对了？诺福克夹克，"他写道，"紧身的老式马裤。长筒袜？是的。帽子？夏天是巴拿马草帽，谢谢，冬天是花呢软帽，好。墨镜。有胡须或小胡子吗？下垂的灰胡子，太好了。很矮、略微驼背、宽肩。好吧，我觉得这些很清楚——啊，再耽误半分钟。你们有没有偶然注意到他的头发颜色是否与他的胡须颜色一样？我知道了。你们没注意到，因为帽子遮住了他的头。好了，我想要的就是这些。你们提供了很大的帮助。"梅瑞狄斯伸出手。"幸好依然有人拥有善于观察世界的眼睛。再见！"

梅瑞狄斯迅速大步流星地走到霍金斯开车等待的地方，轻轻地跳上了座位。

"午餐！走吧，霍金斯。前面下去有个不错的地方。我们要庆祝一下。"

"有好消息吗，警司？"

"头条消息，老弟。"

"有人要因此受到绞刑吗，警司？"

"可恶！霍金斯，别那么变态，你会破坏我的食欲。不，我们还没到那一步，但是，啊，我们有所进展，我们正在全速前进！"

那就是约翰·罗瑟失踪的原因吗？当然，很简单。这显然是目前唯一合乎情理的解释，但是像多数合理的解释一样,这种明显只是因为某些事实已经摆在他面前。约翰·罗瑟在距收费桥800米左右消失了。在距布兰贝尔2.4公里处,一位宽肩矮个的博物学家戴着墨镜突然出现在马路上。如果这还不具有暗示性,那梅瑞狄斯准是不懂这个词的含义了。吉尔的精确描述明确地说出了这位博物学家的伪装。令人好奇的是,人们需要扮演另一个虚构角色时的穿衣打扮方式总是令人好奇。例如墨镜、旧书。没错,梅瑞狄斯想,老奸巨猾的罗瑟刻意强调了他温和寡言的捕虫者形象。他很狡猾,但还差点火候。和那些真正的艺术家相比,他还未学会在哪里留白。

梅瑞狄斯在享用他们美味的午餐时说:"霍金斯,你可能会感兴趣的是,罗瑟在西斯伯里遇到那场麻烦之前似乎一直扮演着双重角色。"

"约翰还是威廉,警司?"

"约翰。他似乎曾与布兰贝尔村一位不知名人士会面。他曾乔装成博物学家在周末拜访那里。可问题是,为什么他觉得有必要如此防范?他卷入了什么不正当的生意之中吗?"

"假冒产品、非法酿酒、敲诈、女人,"霍金斯滔滔不绝地说起来,口吻像极了一位熟悉所有犯罪类型的人,"可能是女人,警司。"

"那种事不会离家太近了吗?"梅瑞狄斯争辩道。"我认为一定有人对我们的朋友罗瑟产生了影响,否则他不会冒险乔装打扮,跑到距离乔克兰8公里外的地方。我还是认为他被穿斗篷的男人勒索了。问题是,为什么要勒索他?"

"为了女人。"霍金斯迅速说道。

梅瑞狄斯哈哈大笑。

"孩子啊,你就是脑子一根筋。不是说我不同意你的看法。这个假说怎么样?X——穿斗篷的人——知道了约翰与珍妮特·罗瑟的关系非常亲密。X扬言要告诉约翰的弟弟威廉。约翰紧张不安,他思来想去,开始从自己的口袋里掏钱封口。X要求约翰在布兰贝尔与他联系,因为他无疑拒绝透露自己的住址或通过邮寄把自己牵连进去。而约翰害怕在村里被人们认出来,担心谣言四起,所以决定采用这种有些明显的乔装。他可能在布兰贝尔租了一间小屋,这样X可以在不引起任何闲言碎语的情况下拜访他。当然了,我们打听得到。最终,约翰对勒索忍无可忍,威胁要把X暴露给警察。X安排在西斯伯里环最后见一次,也许是答应要交出一些实质性证据,例如信件或照片,最后在那儿将约翰杀害。怎么样,霍金斯?"

"听起来很合理,警司。您如何看待他在桑顿的车库里停车后换衣服这事?"

"还记得我们今天早上去过的那段路吗?嗯,河岸两旁有一排排浓密树木的地方。显然，约翰的乔装行头都在那个手提箱里。他要做的就是等到道路周围什么都没有的时候，溜进灌木丛，换下自己的衣服，再戴上墨镜，贴上小胡子，彻底扮成一名捕虫者。他把自己的衣服装进手提箱，再藏进灌木丛中安全的地方。然后，他在水泥厂外赶上公共汽车，他可能在灌木丛中穿行了一段路程，与自己进入树林的那个地点拉开一段距离，再重新出现。我猜，他想通过这种方式防止当地人怀疑穿灯笼裤的绅士与穿诺福克夹克中的博物学家有任何联系。看来他成功了。"

"警司，我们现在去哪儿？"

"刘易斯。"梅瑞狄斯眨着眼睛说道。"我们最好用半天休假来结束我们的庆祝。有异议吗？"

霍金斯咧嘴一笑。

"有，警司。我太太星期四放假。我猜，您不会把庆祝推迟到那会儿吧。"

"我倒是也想呢，当然不会！服务员，买单。"

第十四章

溪岸小屋

虽然布兰贝尔小村有城堡、火车站、河流与博物馆，但却并不热闹。沿着主街来往的车辆倒是不少，但在接触了"外乡人"之后，居民们淳朴依旧，继续生活在原来有限的圈子里，过着实在的乡村生活。而经营邮局的金斯顿女士恰恰是如果不能讨论别人和自己的私事就会大失所望的那类人。她的商店（邮局仅是其中一角）是当地公认的八卦交换所。只用卖掉一张3.5便士邮票的工夫，金斯顿女士就了解到了乔治·帕特的腰痛、苏灵顿先生的不忠和奥尔德维克夫人的最新产期。人们不仅去邮局透露八卦，还去打听八卦。8月27日，星期二，警司梅瑞狄斯在寻找这位邮局女老板提供信息时，就与这位喋喋不休的老姑娘谈了不少事情。

他仍然对新发现的事实感到困惑，但截至目前，除了他前一天在霍金斯面前提出的理论,他认为没有理由提出新理论。而且,如果约翰·罗瑟真的像他怀疑的那样遭到勒索,那他要立刻着手去做的就是查明当地人是否对博物学家或他的神秘访客有所了解。在这么一个小小的教区,两个频频在周末出现的陌生人几乎必然会被人注意到。当然,穿斗篷的人实际也可能作为小社区中品行端正、受人尊敬的一员生活在布兰贝尔,如此一来,获取他的信息可能会更加困难,原因很简单,他的行为举止不会像陌生人那样被评头论足。因此,他决定首先与邮局女老板聊一聊这位勤劳的里德先生,他通常星期六下午乘坐从布赖顿开来的公共汽车,于3:43到达这里。

梅瑞狄斯在明信片小摊旁东看西看,直到店里只剩他和金斯顿女士时,才迅速地说,"打扰一下,您贵姓?"

"金斯顿。"邮局女老板透过她的夹鼻眼镜微微一笑。

"啊,好的,金斯顿女士。我来找您是想咨询几个问题。我是一名警察——不,我的调查与您无关——只想了解一点关于周末访客的信息,或许您可以提供。听说过里德先生吗?"

看到金斯顿女士的表情突然变化,梅瑞狄斯猜想她一定很了解里德先生。她水汪汪的双眼中闪着贪婪的光芒,脸上露出长舌妇即将把闲话一吐而出的那种表情。梅瑞狄斯没有失望。为了缓解静脉曲张,金斯顿女士坐到柜台后

的高脚凳上,用在陌生人面前讲话那种矫揉造作的声音神秘地说:

"哦,亲爱的,当然啦,我对杰里米·里德先生非常了解,特别了解。不是说我见过这位绅士本人——据大家所说,他不喜欢与人交流,就像我一直说的那样,他是一名隐士。但是人们难免听到一些风声——我的意思是即使最善良的人也会说闲话,不是吗?他周末常住在这里的溪岸小屋,据说他已经买下了那座房子。他们说,他是一位年迈的绅士,视力很弱。我认为他正在撰写一本关于英国飞蛾和蝴蝶的书,他喜欢来这是因为这里的安静。但他尽量避免与人交谈,这确实有点奇怪,他也从没在这里的哪家商店买过什么东西。我无法想象他怎么吃饭,或许他有从伦敦寄来的食物吧。

"当然啦,就咱俩悄悄说,我觉得他头脑似乎有些问题,不是很清楚,您理解我的意思吗?他很古怪。穿着最古怪的服装,将他人拒之门外,从不见任何人!我们年轻的特里格牧师去拜访里德先生,而里德只是看了他一眼,就当面把他拒之门外了。我们的送奶工也曾前去,看他是否应该在周末送点牛奶过去,但里德先生对待他也一样粗鲁。当然,或许是因为他一直沉浸于写书,但是看起来他脑子确实不太正常,不是吗?我的意思是……我们的牧师毕竟是那么善良谦虚的一个人。"

"确实。"梅瑞狄斯心不在焉地咕哝。"那么，除了这些不走运的访客，没有人真的近距离见过里德先生或与他交谈过吗？"

"除了上下车，再没人了。"

"也许他有时候有陌生人陪着他，是吗？"

"据我所知，绝无可能。"金斯顿女士用一种准备辩护的口吻反驳道。"我想如果他有人陪伴，我应该会听说。而且，没有人为他做饭，他显然也招待不了客人吧？"

"是的，是这么回事儿。"梅瑞狄斯谨慎地说道。"那他的小屋在哪儿？"

"沿着城堡那边的街向上走，第一个路口右转，他的小屋就位于'威'特小路向上约180米处。"

"'威'特路。"梅瑞狄斯重复着，点点头道谢。

"不对，不对。'韦'特路。"

"哦，抱歉。我知道了，谢谢。金斯顿女士，他最近都没来吗？"

"哦，亲爱的，没有。好几周没来了。自7月初以来。我知道他的花园里有一个出售布告牌。我们认为他不会再来了。"

"他什么时候买的这座小屋？"

"大约18个月前。"

"在他居住期间有没有他的信?"

"没有。我觉得很奇怪。"

"确实。"梅瑞狄斯冷冷地回答。"您告诉了我很多关于杰里米·里德先生的事情,您能这样陪我谈谈真是太好了。"

"哦,没什么,别放在心上。只要我帮得上忙,我随时乐意效劳。再见。"

"再见。"

回到外面停警车的地方,当地警察正在和霍金斯聊天。看到梅瑞狄斯出来时,他行了个礼。

"警司,"他笑着说,"有收获吗?"

"多少确认了你告诉我的内容,弗莱彻。她确定他没有访客。也许是夜里接头的。"

"有可能,警司,虽然我认为午夜后即使有只奇怪的鸟在飞我都能注意到。深夜村里并没什么人。"

"她说有一个出售公告——你知道中介公司是哪家吗?"

"警司,忘了说,她说得很对。如果我没记错的话,是一家名叫斯塔克与韦斯特的伦敦公司。"

梅瑞狄斯点点头。

"我知道他们。但他们的总部在维多利亚大街,希望他们在布赖顿有分公司。"

"您现在有什么计划？"弗莱彻恭敬地问。"警司，想去见那位牧师吗？"

"不，我想留你在这儿听他和这里送奶工的陈述。他们除了确认我们已经得到的信息，起不到其他作用。同时……我们将做一点溜门撬锁的事情。"

"溜门撬锁？哪里的，警司？"

"上面的溪岸小屋。"

溪岸小屋名不虚传，溪流形成了花园一端的边界，屋子稳稳地矗立在马路边，被高高的树篱遮蔽着。屋子是茅草屋顶，砖石、挡风板制成的外墙，一条砖砌小路通向前门门廊。爬藤蔷薇簇拥在底窗周围，参差不齐的铁线莲藤从右侧墙上垂下来，下方有一条狭窄的小路绕向屋后。花园里到处都是丛生的杂草和茂密的绿叶，很难说清草坪到哪里结束，花海又从哪里开始。实际上，这里一片混乱和破败的景象，说明杰里米·里德先生买下这栋小屋之后，很少或根本没有打理过这里。斯塔克与韦斯特公司的出售公告就放在门前的树篱上。

三人绕着后院走了走，眼睛注视着门窗。霍金斯表示，如果有人推他一把，他就可以轻易地用他削笔刀上最长的刀片碰到上方窗户的一个插销。其他人随即把他举起，让他的头和肩膀与窗台齐平。很快，他就朝下面喊着说插销已经打开了。几次尝试之后，霍金斯设法打开了窗户,一阵嗨哟的声音和疯狂踢腿之后,他终于穿过了窗户那狭小的缝隙。

"去后门,"梅瑞狄斯命令道,"可能后门只从里面闩上了。这可以省去更多复杂的操作。"

梅瑞狄斯果然说对了,下一分钟三人就站在了小厨房里。这里又有房子无人照料的证据,也显示出这位博物学家对烹饪没有多大的兴趣。一堆标有福特纳姆与曼森公司的空罐子被扔到一角,水槽又黑又脏,沥水架上堆满了未洗的杯盘;小窗上覆盖着灰尘和蜘蛛网,窗外是杂草丛生的院子。而在一楼的另外两个房间,梅瑞狄斯注意到了同样杂乱肮脏的气氛。每件家具上都铺满了厚厚一层灰尘,而开放的炉膛内散布着烟斗残余的烟丝和香烟的烟蒂。书籍和报纸乱扔在桌椅上,所以除了壁炉前的大皮沙发,小客厅里连个其他能坐的地方都没有。

梅瑞狄斯冷冰冰地说:"没想到我们的里德先生周末从不担心自己过得不舒服。从来没有见过这么一团糟的地方。我想,他离开时也是这样。如果这地方都能叫藏身处……那……"

梅瑞狄斯让其他人继续在楼下搜索,自己爬上摇摇欲坠的楼梯,搜查了两间卧室。第一间房里有一张未铺好的床和一堆烟头。第二间房里几乎没有家具,只放着一个大橡木柜和一个铁制脸盆架。梅瑞狄斯从窗户上往外瞥了一眼，立刻发现这所小屋非常隐蔽，从附近任何地方都无法窥视。那么，本地的乡民都不可能提供有关穿斗篷的人可能来访的信息。罗瑟确实选择了一个安全的密会地点。在这个令人困惑烦恼的案件中，如果这条细微的调查线索像其他线索一样断掉，恐怕不会再有人注意这个地方。

面对罗瑟藏身处的内部构造，以及家具、餐具、空罐子、小屋本身，梅瑞狄斯突然怀疑他对罗瑟这些周末的动机的分析是否正确。如果他只想与勒索者进行几分钟的接触，这安排未免过于精心，隐秘的小道、布赖顿一条荒芜的街道、雅座酒吧一角看起来都更加可靠。难道真像霍金斯说的，这案子与女人有关？梅瑞狄斯摇了摇头。女人绝不会让小屋如此凌乱——至少，厨房最能反映出有没有女人来过。那么，上帝啊，为什么呢？究竟是什么使罗瑟采取权宜之计，伪装身份，又在像布兰贝尔这样闭塞的地方买下了房屋？房屋中的密会和杂物真的有助于解决这个问题吗？难道还有关乎案件的核心线索吗？

他再次走进客厅，霍金斯和警员把头埋进抽屉，翻看垃圾，又细细查看各种装饰物，检查客厅的每个小细节。

"怎么样，有收获吗？"

两人摇了摇头。

"目前还没有，警司。"弗莱彻说。"无论他在这里做了什么，他似乎都完全掩盖了自己的痕迹。"

梅瑞狄斯也认可这个说法,他仍然沉浸在自己的思绪中,凭着直觉走到了壁炉旁。烧过的灰烬仍留在炉膛里。梅瑞狄斯开始信手在灰烬中翻找。突然,他单膝跪下,不由自主地发出了一声惊叹。

"啊!这是什么?"

其他人伸着脖子越过他的肩膀往前看。

霍金斯说:"看起来像是一本烧毁的书,警司。"

梅瑞狄斯轻手轻脚地将那烧焦的东西从灰烬中取出,小心翼翼地捧在手里。有些字迹仍可辨认,他读着上面的字迹,兴致逐渐浓厚起来。他默默地蹲了整整一分钟,揣摩着纸页上并不完整的句子。一道灵光在他脑中乍现,随即豁然开朗。

"但是这东西究竟为什么会在小屋里呢?"他问自己。"罗瑟竟然不是唯一一个将这里当作藏身处的人。"他抬头看着其他人,他们伸着脖子,想搞清楚是什么引起了他们上司的兴趣。"知道这是什么吗?"

"看起来像是一份价目表。"布兰贝尔的警员猜测。

"你说得对,弗莱彻——的确如此。这是手术器械的价目表。据我辨认,这是由威格莫尔街243号的道森与康斯特布尔公司发布的。在这里发现它很奇怪,是吧?"

"这和案件有关系吗,警司?"霍金斯问。

梅瑞狄斯微微一笑。

"老弟,动动脑筋。我已经把我调查的所有细节都向你透露了,不是吗?你还记得老布伦金斯教授关于那些骸骨的话吗?"

"天哪——记得!"霍金斯惊呼一声,打了个响指。"当然记得。他认为骸骨是用外科手术锯锯断的。"

"完全正确。看来这个男人好像是从道森与康斯特布尔公司订购了工具,不是吗?"

"但是为什么是在被害人的小屋中找到的呢?"霍金斯问。

"我怎么知道?"梅瑞狄斯回了一句。"这反而暗示了约翰·罗瑟来这里确实是为了见到穿斗篷的人。没想到我的勒索理论竟然有些道理。"梅瑞狄斯站起来,拿起一张报纸,仔细地把那张脆弱的证物包了起来。"好吧,我认为继续停留在这里也没什么用。弗莱彻,你最好听听牧师和送奶工的陈述,确保对杰里米·里德先生的各种描述相互吻合。我们回总局,霍金斯。"

警司走到汽车旁,留下两人把这座房子再锁起来。大约一分钟后,霍金斯将里面的洗涤室门闩上,从上面的窗户出来,爬上驾驶座,朝刘易斯驶去。

梅瑞狄斯陷入了深深的困惑。现在似乎可以确定,化名为杰里米·里德的约翰·罗瑟在溪岸小屋见过准备谋杀他的人。不幸的是没人看到过这个凶险的访客。但如果他只在晚上露面，那也完全可以理解。真正使梅瑞狄斯感到困惑的是，一些罪证在人们最想不到的地点被销毁了一部分。假如是穿斗篷的人见了罗瑟，为什么他选择在溪岸小屋烧掉价目单？这是不是意味着凶手在约翰·罗瑟死后曾经来过这里？

由于风险太大，梅瑞狄斯起初并没考虑这种可能性。随后他突然想起他对穿斗篷的人的路线有所了解。根据猎犬橡树农场牧羊人的说法，这名陌生人一直向斯泰宁开阔的丘陵地带前行。那个小女孩在斯泰宁上方的山丘发现了沾有血迹的斗篷和宽檐帽，而斯泰宁和布兰贝尔是相邻的两座村庄。看起来不就像是凶手在天黑后就径直走向溪岸小屋吗？毕竟也没有更好的藏身之处了吧？他知道自己不会受到打扰，因为罗瑟已经死了。在与罗瑟的交流中，他知道村民已经放弃了参观小屋的企图。一个逃亡者还能要求比这更好的天赐礼物吗？

等一下！这是怎么回事？梅瑞狄斯随着思考的加速越发兴奋起来。为什么穿斗篷的人不能用杰里米·里德的那套伪装，把小屋用作藏身之处来安排逃跑计划呢？可能就在第二次谋杀发生后的当晚？他可以很容易地购买到一模一样的全套装备，马裤、诺福克外套、墨镜以及其他一切，再将这些东西提前藏在他丢弃斗篷的山丘上。他见约翰·罗瑟时有很多机会记录下杰里米·里德那套乔装行头的每个细节。这样一来，如果不幸有人发现他在第一次谋杀那晚穿过村庄，也只会认为是那个古怪的博物学家在半夜抓捕飞蛾。

这个新想法让他宽慰了不少，总算有了相当确定的解释。当然，这意味着采用了早期的推论，珍妮特和穿斗篷的人联手了。这也意味着罗瑟的尸体在金雀花灌木丛中的橡胶垫上被肢解了。希尔曼轿车被用于前往芬登-沃辛路上与珍妮特会面，而珍妮特担任了穿斗篷的人的向导，把尸体装在金属夹层的行李箱里藏进乔克兰，甚至可能就藏在地槽里，而这时候威廉正在傻乎乎地赶去利特尔汉普顿的路上。随后穿斗篷的那个人把车开回西斯伯里山下，再沿着丘陵迅速逃跑，扮成博物学家杰里米·里德进入溪岸小屋。那么谋杀的动机是钱吗？在珍妮特和罗瑟家族的财产之间，还有两个人——约翰和威廉。出于某种原因，珍妮特与穿斗篷的人产生了密切的联系，他们为了钱策划了这个可怕的阴谋。因此，珍妮特逃往伦敦，提出了将一万英镑以纸币形式交给她的奇怪要求，她可能在威廉的聆讯完成后去伦敦与穿斗篷的人尽快会合——穿斗篷的人则在第二次谋杀后直接去了伦敦。

梅瑞狄斯认为，这次不只是推论了。事实开始吻合，案情开始成形。他又取得了突破！

第十五章

神秘房客

回到刘易斯，梅瑞狄斯立即询问是否可以面见局长。得到肯定答复后，他走出办公室，沿着走廊来到局长办公室门口，匆匆敲了敲门，走了进去。局长站在窗边，凝视着窗外，双手在背后扭在一起，这是他内心忧虑或情绪低落时的典型动作。

"怎么样？"他大声说着，身体依然对着窗外。

"是我，梅瑞狄斯，局长——我想和您谈谈罗瑟案。"

"好。坐下抽根烟吧。我一直想见你，你也知道，情况不尽如人意，案件好像没什么进展。梅瑞狄斯，我看得让警察厅参与进来了。很抱歉，但现实就是这样。"

梅瑞狄斯突然感到愤怒而沮丧。该死，为什么！他已经尽最大努力在推进侦查了！这起案子他埋头苦干近六个星期了，老头子这时把警察厅强拉进来掺和有失公允。但情况常常如此——郡级官员完成了所有调查工作，而刚有一缕曙光出现时，警察厅就参与进来抢走功劳。

梅瑞狄斯把怒气压下去，礼貌地说：

"局长，您认为有此必要，我深表遗憾。特别是在我的调查又有了新进展的时候。"

"但事实如此，梅瑞狄斯，不是吗？那辆车是7月21日发现的。现在已经8月27日了。这么久，案件怎么也该有进展了。你知道霍舍姆案对我们影响很不好。当然你也没参与其中。但这次的案子报纸在全程报道。我必须要有结果。如果你找不出我想要的结果，那我就把这案子移交给警察厅了——明白吗？"

"我完全明白，局长。可是有了这新证据……"

"行，我听听吧。"局长大声说着，坐进他的办公椅。"我说不定还能再拖一拖这倒霉事——来吧。"

梅瑞狄斯谨慎地开始措辞，逐点陈述了他关于穿斗篷的人的行为的最终理论。他强调了在溪岸小屋中发现的重要证据，并认为穿斗篷的人假扮成杰里米·里德，藏身于小屋之中，直到实施第二起谋杀。在他继续讲述的过程中，福里斯特少校的满面愁容逐渐消散，最后他开始点头，表示认可与赞同。

"确实……确实是这样……我明白了……是的，当然……那让我们看看——两次谋杀之间相隔多久？"

"仅3个星期,局长。威廉·罗瑟的死发现于8月10日早上。"

"那你的意思就是这个不知名的人在溪岸小屋内藏了3个星期却没人发现。那吃什么呢?"

"好吧,罗瑟显然在福特纳姆与曼森公司订了东西。我猜他们仍在继续送货。"

"这一点要去查清楚,梅瑞狄斯。"

"好的,局长。"

"还有另一件事——出售公告是什么情况?"

"您是什么意思?"

"如果有一个公告牌,那一定会有人联系中介出售房屋。不可能是罗瑟。他死了。明白了吗?"

"啊,局长!我竟没想到。这家伙一定见过中介。"

"是的,或者把这项工作留给了珍妮特·罗瑟。"

"他们要让中介相信他们拥有正当授权确实有点困难,局长,是吧?"

"我也想到了,所以你要去查他们是怎么弄的。"

"没问题。"

"另外,很明显,到8月10日左右他们才与中介接触。"

"我不太……"

"简单。凶手不会愚蠢到冒险让潜在客户来察看这座他作为藏身之处的房子。我认为他一定会在9日左右才与中介取得联系。"

"这点我也会跟进的,局长。"

"好。我建议你的调查线应该包括查明是否有人注意到这3个星期内溪岸小屋有人居住。问问那些中介,查清送餐信息。梅瑞狄斯,我会根据你提交的报告,决定是否拒绝警察厅的加入。这取决于你,明白吗?"

"好的,局长。您觉得这算是一点突破吗?"

"当然,只要方向正确就好。你和我一样清楚,沿着一条支线追查太容易偏离方向了。我们希望是在主线上取得进展。我不想让你灰心,梅瑞狄斯——但让你知道我的想法也好。"

局长承诺不会立即采取行动。梅瑞狄斯虽然因此感到了一些安慰,但心中仍然有些不是滋味。他回到阿伦德尔路用午餐,同时提醒霍金斯在2点钟时把车准备好。

午餐时,托尼对父亲说:

"爸爸你看,斯托灵顿有个家伙在老拉什顿的彼得里顺宝石被抓了。"

梅瑞狄斯一脸嫌弃地看着儿子。"天哪,你从哪儿学的?"

"爸爸,只消读一本书——故事很精彩——里面就有所有小偷的黑话。顺就是偷,您懂的。"

第十五章 神秘房客

"真的吗?"梅瑞狄斯冷冷地说着,抬起了眉毛。

"是的,彼得就是保险箱。"

"那你真正想告诉我的是什么,"梅瑞狄斯成功克制了他内心的笑意,"是斯利珀里·锡德因为从拉什顿勋爵的保险箱中偷走钻石而被判了劳役,是吗?"

托尼点点头。

"都在今天刊出的《半周报》里。爸爸,想看看吗?"

梅瑞狄斯轻笑着摇了摇头。

"托尼,自从乔治·汉森接受这项工作以来,我们只听得到总局的案子,其他什么都听不到。所以你大可不必为我讲述报纸中的报道,明白吗?"

这回,托尼咧嘴一笑,露出一丝狡黠。

"您还没有抓到谋杀威廉·罗瑟的家伙吗,爸爸?"

"你知道啊,还没有啊。"梅瑞狄斯咆哮道。"我希望你别在用餐时谈工作。吃你的蔬菜吧!"

"好吧,我只是*问问*。"托尼委屈地解释着。"您知道,斯利珀里·锡德在8月10日干了这事儿。"

"所以呢?"

"那是威廉·罗瑟被谋杀的那天,不是吗?"

"10号的早上,是的。"梅瑞狄斯确认道。

"好吧,爸爸你看,按照报纸上说,锡德住在沃辛,他骑着自行车到斯托灵顿秀了一把手艺。那他很可能经过了华盛顿,他确实也没有任何其他路线可走,对吗?他可能看到或听到了什么。爸爸,他可能会给您一条线索。"

梅瑞狄斯严厉地看着托尼,慢慢摇了摇头,仿佛在批评他对侦查的浓厚兴趣。

"如果你对自己的工作像对我的工作这么上心,那几年后你一定是邦德街的摄影大师。"

"也许吧。"托尼同意道。"但我这是一个好主意,不是吗?"

"确实抓到了重点,孩子,也很有见地,说实话,对爸爸很有用。而且,托尼,我会继续关注这一点。锡德可能就是我要找的证人。现在,他被关在监狱里,他会实话实说的。他很可能希望得到宽大处理。托尼,你真聪明。"

"谢谢。哦对了,爸爸,格林商店展示了一种新的五波段、超稳定的无线电收音机。我想知道您是否愿意……"

"不错,"梅瑞狄斯说着,站起来装满烟斗。"你还是接着想吧。"他看了一眼时钟。"天哪,这么晚了!我得走了!"

他匆匆和妻子吻别,轻快地走到了警察局,霍金斯已经在车里等他了。

"先去布兰贝尔,再去布赖顿。"

再次回到布兰贝尔时,梅瑞狄斯的幸运女神依然伴随着他。虽然在当地警员弗莱彻陪同下采访布兰贝尔的各路人士没有什么收获，但最后采访的"载货马车"酒吧发福的老板汤姆·比金斯却有所贡献。汤姆像桶一样圆，像鹦鹉一样健谈，却像浓雾中的天文学家一样悲观。梅瑞狄斯很快了解到他的悲观情绪并非无端而起，汤姆是慢性失眠症患者，他尝试了所有方法，数羊，睡啤酒花做的枕头，但都无济于事。最后实在没了办法，他不得不在深夜到村里散步，期望自己能在该起床时或者早餐前睡一会儿。汤姆在接受警司询问时，提到溪岸小屋的怪事不止一件。

"是的——大概是7月底——我正沿着怀特小路向上，计划走一圈，明白？要不是看到那个小屋烟囱冒出来的烟，我都没注意到。我感到奇怪的是，那天的天气明明和今天的天气一样，很闷热。当然我知道那个老家伙有点疯癫，所以我没有多想。知道他在做什么吗，警官？"

梅瑞狄斯咧嘴笑着。

"在烧什么东西吧，我猜。无火不生烟，您知道的。"他想起了那个烧焦的目录，陷入了沉思。"比金斯先生，您能确定更准确的日期吗？"

"简单。我在日记中记了那晚是今年迄今为止最热的一夜。稍等，我从另一套衣服中去取。"

很快，汤姆·比金斯就用他那短粗的双手举着打开的日记本回来了。

"是的,这里。7月的最后一晚。我就说我记过日记的。那闷热的夜晚让我一刻也无法入眠。糟透了。"

"有没有注意到那个地方有灯光?"梅瑞狄斯继续问道,他对获得的新线索感到很高兴。

汤姆摸了摸下巴,慢慢地说:"嗯……可以说有也可以说没有。您很难说它算是真正的光源。楼上房间里只闪过一两次微弱的光线,就像一个家伙在路上试图护住的烛火那样。百叶窗关着。但有一两次我看到了百叶窗缝隙里透出的烛光,明白吗?"

"知道日期吗?"

"很不巧,警司。我不能肯定。"

"是最近吗?"

"不,也不是最近。从8月的第一周开始,这个地方就没有人生活的迹象了。我估计我注意这灯光是在7月底和8月初之间。"

"好极了。"梅瑞狄斯面露喜色。"这就是我要找的。确切的日期并不重要。告诉我——您是否曾经在7月中旬之前的深夜看到其他人来拜访老杰里米·里德?"

"不好说。警官,您知道,上个月中旬之后我才开始在夜晚外出散步。医生告诉我,这可能对我有好处。但并不奏效,倒让我感到更加疲倦,就这些。"

"白天有没有看到过包裹或装货箱被带入小屋?"

"从来没有过，"汤姆简短地说。

"比金斯先生，您没有发现其他我可能感兴趣的任何事情？"

汤姆再次摸了摸下巴。

"嗯，我有。"他喘着气，压低了声音，大概是觉得这种方式更适合用来传达异常而意外的消息。"大约在8月第1周的一天晚上，我看见一个家伙走出小屋门口，骑上自行车，朝斯泰宁方向去了。"

"一辆自行车！"梅瑞狄斯急切地喊道。"您可别告诉我您忘了那天的日子，比金斯先生。如果您忘了，我可要拧断你的脖子！您必须得回忆起这个日期。这极其重要。我太震惊了，您知道的正是我一直祈求的证据，明白吗？"

"那是9号，"汤姆缓缓地说，"星期五，我记得。杰里·汉考克在比奇农场搞大甩卖的日子。或更精确地说，"他又赶紧纠正自己，"10号。就在那家伙出去之前，教堂午夜的钟声已经响了。"

"他看见您了吗？"

"没有。那是一个漆黑的夜晚，我站在树篱下面，准备点烟斗。"

"您看见他了吗？这个更重要。"

"噢，我很幸运，看到他了。您看，这个家伙走上马路时迅速地四下张望了一下，划了一根火柴点燃油灯。然后，那该死的东西开始冒烟，他就俯身在光线中快速看了看周围。当然，因为灯没有照向我，所以我把他的相貌看得清清楚楚。"

"什么样？"梅瑞狄斯焦急地追问，心中忐忑不已。

"是一个矮小的中年人，留着深色胡子。他打扮得像个商业人士，穿着深色外套，立领上打着黑色领带。他骑自行车还戴着安全帽，真是滑稽。啊，还有一件事，他的左手腕缠着绷带，看上去很僵硬。他坐上车座都很费劲儿。"

"他应该没有戴墨镜吧？"

"什么，半夜戴墨镜——不可能的事儿！"连憔悴阴郁的汤姆·比金斯都忍不住眯眼一笑。

"您说他朝斯泰宁的方向去了？"

"是的，我看到他骑车到了怀特路的尽头，又向左转上乡村街道。"

"您以前从未在这里的酒吧或村子里见过那个男人吗？"

"从没有——我发誓在这里他完全是陌生人。"梅瑞狄斯瞥了一眼挂在酒吧的时钟。"比金斯先生，听我说——我们准备无视法规了。虽然打烊了，如果您愿意和我喝一杯，我愿意陪您。弗莱彻，你呢？"

"温和苦啤,警司。"这名警员迅速回答。

在他们违禁喝酒期间,梅瑞狄斯向汤姆·比金斯提了最后一个问题。

"在7月20日——星期六晚上,比金斯先生,我们强烈怀疑有个人从斯泰宁附近的丘陵下来,来到了溪岸小屋。我们目前的想法是他可能乔装成了杰里米·里德。您是否可能见过这个人,或者知道谁见过他?"

汤姆·比金斯放下大啤酒杯,用衣袖擦了擦嘴。他思考了这个问题几秒钟。

"没有,"他认真地说,"无论是那晚还是其他时间,我都没有看到过那个家伙。但是,我倒是想起在酒吧里有关于那个老家伙的闲话。关于'他可能是谁'的猜测很多。最重要的是,我还记得搬运工伯特·温布尔说,他在午夜看到过那个老家伙沿着村庄的街道向上走。我说不准是什么时候——警司,您最好亲自见一下伯特,让他告诉您。"

"我会的,"梅瑞狄斯迅速说道,"他说的听起来很有用。您能告诉我他的地址吗?"

比金斯给了地址,三名警官对交叉盘问的结果非常满意,他们离开了"载货马车"酒吧。梅瑞狄斯内心十分乐观,他发现自己的最新理论在每一点上都得到了有力的证据支持。毫无疑问,骑自行车的人就是穿斗篷的人,或许他正准备在那个晚上出发,去完成乔克兰石灰场顶的那点小把戏。此外,比金斯是第一位描述穿斗篷的人的真实容貌的证人。当然,胡须也可能是他在小屋藏匿的3个星期内特地蓄长的,这个人也有充分的机会多次变装,所以服饰没有任何意义。但是他的身高、年龄和手腕上的绷带很有用。他希望伯特·温布尔也注意到那天晚上在村里的街道上看到的人有相同的特点。

如果运气好的话,搬运工只会在日常的周五沃辛之旅之后,才将马拴进马厩。他很老了,上唇蓄着长长的灰色胡须,有着深蓝色眼睛和细鹰钩鼻,散发出贵族的气息。他的声音也很安静,音量也刚刚合适。梅瑞狄斯一眼便看出伯特·温布尔是一位可靠、冷静又聪明的证人。

温布尔解释说,大约7月中旬的一天晚上,他的确注意到一个奇怪的家伙从溪岸小屋出来。他从斯泰宁的方向往布兰贝尔主街上走。他穿着及膝短裤和诺福克外套。但最令他惊讶的是老人戴着墨镜,这在黑夜中尤为奇怪。温布尔当天下班后去了阿兴顿做活,所以见到那个人一定是在午夜之后。至少直到凌晨1点他才把马拴进马厩。至于日期的问题,他可以通过翻看记录簿来轻松解决。他妻子一定会对他的搬运工作有所记录。温布尔随即查阅了一本翻旧了的记录簿,令梅瑞狄斯高兴的是,上面记录的日期就是7月20日。

"请问温布尔先生,您是否注意到这个男人看起来像是受过伤的样子?"

"是的,警司,我注意到了。他的左手腕缠着绷带。在我驾着货车从他身后驶过时,灯光把白色绷带照得无比清晰。更重要的是,老家伙提着手提箱。在周末后半夜见到这样的人真是太奇怪了。让我好奇他从哪里来。"

"手提箱吗?"梅瑞狄斯在他的血管中感觉到那熟悉的兴奋,当他工作中遇到出乎意料的线索时,他总会如此。"您确定吗?"

"我很确定。"温布尔坚定地说。

"一只手提箱。"梅瑞狄斯想,"我应该猜到的。他必须把杰里米·里德的乔装行头带上那座山,谋杀之后他也需要一个东西来装自己换下来的衣服。啊,这次我不可能没在正确的侦查道路(老头子所说的主线)上了!"

梅瑞狄斯继续盘问搬运工,但没有发现更多线索。如果有大装货箱或包裹从伦敦到达溪岸小屋,那么温布尔也无从得知。但铁路工人有他们自己的送货车,他们也许可以提供帮助。

5分钟后,铁路工人就出现了。他们的确有几次把大箱子运到溪岸小屋的经历。货物由福特纳姆与曼森公司寄出。虽然他们听说小屋主人有点古怪,但并没有和他联系或是见面。货物是在平日交付,而里德先生恰好不在,所以他要求他们把装货箱放在后院。所有货物均已由伦敦运输公司支付了运费。但签收单不幸被毁了。单子是打印的，上面有溪岸小屋的地址和杰里米·里德的签名。铁路职员在翻阅账簿时向梅瑞狄斯保证最后一次配送是在7月18日。那次，福特纳姆与曼森公司寄出了两个大箱子。

梅瑞狄斯想："食物问题就到这儿吧，现在要联系房屋中介了。"

到布赖顿询问之后，梅瑞狄斯了解到斯塔克与韦斯特公司在商业街设有办事处，也并不难找。办事处是一座混凝土建成的现代建筑，正面装有平板玻璃和漆成豆绿色的金属框架。内饰豪华，地上铺着厚地毯，摆着安乐椅，店里的年轻店员毕恭毕敬、打扮入时，静悄悄地四处走动，准备迎接雇主送来的大笔订单。一位优雅的店员接待了梅瑞狄斯，慢条斯理地和他聊着。梅瑞狄斯对此颇为气愤。他不喜欢这些说话慢吞吞的人，觉得他们一看就没受过良好的教育。

"省下您的套路和马屁吧，好吗？我是警察，时间有限。我想了解一些有关布兰贝尔地区溪岸小屋的信息。"

这位年轻人的气势突然泄了下去。

"警官，您想见经理吗？"

"不必，和您谈就可以。我想知道两件事。第一，谁，在什么时候，购买了这座小屋？第二，您能否从记录中查到小屋再次出售的时间?"

那个年轻人表示没有问题,他赶紧走开,钻到了高高的毛玻璃屏风后面。大约20分钟之后他回来了,还带回来一个人。

"警官,我请了我们的经理哈里斯先生来见您。"

"您好,哈里斯先生?"

"我想您是找错中介了,警官。我们在布兰贝尔的物业记录中,没有叫这个名字的房产。虽然我们在附近的大多数地区都拥有房产,这里也一样,但那一处从来不是*我们*经手的。"

"但是,天哪,你们的公告牌就在那外面。您如何解释呢?"

经理透过角质眼镜框瞪大眼睛看了他一眼。

"我们的公告牌?不可能!如果有的话,那完全没有经过我们的授权。"

梅瑞狄斯很困惑。他没想到会有如此令人惊讶的转折。在他的想象中,罗瑟通过斯塔克与韦斯特公司买下了这座房子,而穿斗篷的人知道后,则想方设法地通过同一家公司再次出售。其中可能还有珍妮特·罗瑟的帮助。

"在布兰贝尔还有其他待售房产吗?我是说在您的记录簿上?"

经理退回去再次查阅记录。

"有，在牧师住宅附近，有一栋12个房间的独立式住宅，"他回来时告诉梅瑞狄斯，"但就这些了。"

"有人在这里咨询过溪岸小屋吗？"

"我们都没有经手那处房产，怎么可能有人咨询？"

梅瑞狄斯平静地说，"话虽如此，哈里斯先生，我希望您能去店员们那里查一查。"

由于一两个店员在和客户沟通，这项工作又花了20分钟。

"太怪了！"哈里斯先生惊讶地大叫。"上个月有过不少于3次咨询。当然，我们的店员不得不说明他们搞错了，我们没有经手这个地方。当然，他们应该告诉我的。您觉得这是怎么回事？"

"我不知道。"梅瑞狄斯微笑着说，"暂时还不知道。但是我有一个想法。我再去布兰贝尔看看，之后我会告诉您我的猜测是否正确。能留一个您的电话号码吗？谢谢。"

"我们都快把这条路蹚熟了，警司。"霍金斯在开车疾驰回村庄时说。

"这种讽刺的话跟你自己说就得了，老弟，"梅瑞狄斯咧嘴一笑，他现在的心情十分愉快。"我们最能做的就是谢天谢地，不必自己承担油费！"

回到布兰贝尔，梅瑞狄斯不费吹灰之力就找到了牧师住宅附近的待售房屋。不少于5家中介公司在整齐的冬青树篱顶部挂出了公告牌，写出了这一消息，但是斯塔克与韦斯特公司的公告牌不在其中！

"一猜就中。"梅瑞狄斯得意扬扬地想着。"就像我想的那样。凶手还算聪明。他想暗示溪岸小屋没有人，所以他做了显而易见的事情——拉下百叶窗，锁上门，关上窗户，然后挂上公告牌说这个房子要出售。"

但梅瑞狄斯还是一如既往的细致周密，他又费力地进入房前的空地，找到了穿斗篷的人连根拔起木板的确切位置。他轻松找到了自己想要的东西，兴致勃勃地命令霍金斯把他送回刘易斯，打算回去后打电话给哈里斯，告诉他事情的来龙去脉。

顺利的一天，案件有了进展，而且还是在主线上的进展。那老头子应该会为事情进展顺利感到高兴。梅瑞狄斯现在基本搞清了穿斗篷的人在第一次谋杀之后和第二次谋杀之前的行动，现在仍然需要跟进托尼的明智建议，去询问斯利珀里·锡德，他现在被拘留在刘易斯监狱的高墙之下。虽然希望不大，但如果上天保佑，斯利珀里·锡德可能是极有价值的证人！

第十六章

线索回顾

次日清晨,梅瑞狄斯一进办公室,就得知警察厅要他接电话,值班警员说电话内容和罗瑟案有关。因此,梅瑞狄斯立即联系了正在市里关注本案的警督莱格,并从他那里得知了一则令人不安的消息。

"是的,与罗瑟案有关。我们在多佛的警员报告说,昨晚看到有个符合珍妮特·罗瑟相貌特征的人乘夜班船去了法国加来。当然,没有逮捕令,警员也束手无策。我猜您会想知道这件事情。"

"是,挺麻烦的。"梅瑞狄斯咕哝道,这个波折让他火冒三丈。"麻烦得要死,莱格。我想在接下来的几天内结案,对本案而言,那位小姐依然是必不可少的证人。可能在案件前后都是从犯。但情况就是这样,你我都知道,如今如果不提供确凿的理由,就无法获得逮捕许可。麻烦在于，我虽有一些控告她的证据，但还不够。知道她要去哪里吗？"

"老兄！"莱格的笑声让梅瑞狄斯感到震耳欲聋。"华沙、耶路撒冷、东京或廷巴克图！只要她高兴，没什么能阻止她改变路线。如果她的护照有效，她又有足够的时间安排行程，那除了钱没什么能阻止她随心所欲地游玩。"

"这倒是提醒我了——您在肯辛顿邮局监视得怎么样？您大概还记得，她的律师说在她从遗嘱中受益之前要与他们取得联系。有什么进展吗？"

莱格简短地说，"完全没有。我们得承认对这里的邮局待取业务完全不了解。应该没法阻止她隔天打个电话更改她想取信的地址？再者，您别指望她的律师会泄密。他们才不会那样！您知道他们的性格，都是一丘之貉。"

"她登船时没人陪同吗？"

"多佛发来的报告中没有提及。"

"好，这是条新消息。"梅瑞狄斯说着，脸上没有一点满意的神色，"我会尽力争取逮捕令。这个人的姓名目前仍有待查明，但具有以下特征：矮个子的中年男子，深色胡茬，左手腕上绑着绷带。大约2周前最后一次出现，当时穿着深色衣裤，戴着圆顶硬礼帽，看起来像个商务旅行人士。我会把这写入警察令中——明白吗？我们要监视所有港口，着手执行所有常规程序。"

"好。您觉得这个家伙可能已经逃往港口了？"

"他是目前困扰我的噩梦。"梅瑞狄斯心烦意乱地说道。"他已经溜走快2周了。另外，我认为他对珍妮特·罗瑟至关重要。在她把一切安顿妥当之前，他不会离开这个国家，所以很有可能他仍然在逃。我觉得可能是他签收了信件，还在律师和罗瑟太太之间充当了中间人，希望我们能从那些该死的律师那里取得更多信息。有可能吗？"

莱格愉快地说道："您把逮捕令弄到手，剩下的交给我。"

"好。幸亏有你。另外，记下那人的体貌特征，请您的同事注意……谢谢，再见。"

随后，梅瑞狄斯联络了房屋中介哈里斯，解释了他们的销售公告牌被动了什么手脚。哈里斯目瞪口呆，只能发出咯咯的声音，听起来像是包含了全世界最恶毒的怨念。

那珍妮特·罗瑟逃脱了吗？如果他们能找到她，且拿出充分的证据证明案件与她相关，他们可能会获得逮捕令。如果老头子同意，最好与巴黎安全局联系。他们可能帮不上大忙，但这一通报却实属必要。此外，现在比以往任何时候都更需要聚焦穿斗篷的人的行踪。梅瑞狄斯决定去见见斯利珀里·锡德。

他穿过细雨濛濛的刘易斯街道，来到了威风凛凛又令人生畏的监狱入口。他按响门铃后,外面的大门打开了,他进去之后,门又锁上,他向看门人陈述了自己的来意。一名看守员将他带到斯利珀里·锡德的牢房。内门打开,看守员带他匆匆穿过一个阴暗潮湿的院子,走进一幢高大的石头建筑,上面满是装上了栏杆的窗户,石头走廊里散发着肥皂和消毒水的味道。两侧都是标了序号的铁门,上面镶着小方形格栅。看守员在其中一道门前停下,掏出一串钥匙,把门打开了。

"有朋友来见你,锡德。"看守员轻快地说。"我猜他是想和你简单聊聊。"他为自己的幽默笑了笑。"警司,我把门锁上,让您和他单独待在一起,好吗?我就在外面,您谈完叫我就行。"

"好的。"梅瑞狄斯说着,铁门在他身后咣当一声关上了,室内一片昏暗。

斯利珀里·锡德蹲坐在他的架子床边,在各种书中,他偏偏在阅读《圣经》。警司进来后,他折起书的一角做了个标记才小心翼翼地把书合上。

"挺会利用时间啊,锡德?"梅瑞狄斯用友好的语气问。"没想到你还是个虔诚的家伙!"

"我是断断续续的,"锡德含糊地解释道。"偶尔这样。不想在这儿做一个无害的乞丐,而是要尽量做自己的牧师。"他在紧闭的牢房中兴致勃勃地问梅瑞狄斯,"先生，我在某个地方见过您吧？您不是做生意的，是吗？是个警察？"

"锡德，还记得27号晚上在哈丁上校家干的事儿吗？"

"哎——我知道了。你是抓我那个傻瓜，因为我偷了黄金，就让我离开了我的老父亲。你觉得挺有意思，不是吗？"

"这是我的职责。"梅瑞狄斯咧嘴一笑。"随便聊几句怎么样，锡德？"

"聊什么事儿？"

"8月9日晚或10日凌晨的事儿。"

锡德考虑了一会儿日期，反应过来之后，突然很生气。

"嗯，警官，怎么回事？我已经回答过了，不是吗？您没有权力吧……"

"哦，和你做的那件事儿没关系。"梅瑞狄斯安慰道，"我想要一些信息，仅此而已。"

"想让我卖别人的事儿？"

"是的，锡德。可能对你有好处，你懂的。我不和你打包票，但如果你对我有帮助，我会竭尽所能，确保让该知情的人知道此事。好吗？"

"好吧。"锡德停顿了好一会儿后，不耐烦地说。"但是，要说起来，拉什顿的事儿没人跟我合作。我自己单干的。"

"骑了自行车,是吗,锡德?"

"是的。"

"走的是沃辛-霍舍姆路,经过了华盛顿,是吗?"

"是的。"

"大约在午夜?"

"大约1点。"锡德纠正道。

"知道'钱克顿盾徽'酒吧边上的华盛顿十字路口吗?"

"知道,往斯泰宁转弯时经常遇到酒鬼。"

"就是那儿。知道波斯特尔吗?"

"知道,到达华盛顿之前的大丘陵。"

"对。锡德,请仔细想想,你在波斯特尔到转向斯泰宁的路口那段路上有没有发现有人?在你那件事儿前后都行。"

"可能吧。"

"就是说你看到过了?"

"啊,驶向沃辛的邮政货车。"

"在外出的路上,是吗?"

"是的。"

"没有其他人了吗?"

"有,骑自行车的家伙。"

"骑自行车的家伙!"梅瑞狄斯突然一阵激动。"当时在什么地方?"

"波斯特尔山脚下。有一条可以上到主干道的小路,您不知道吗?"梅瑞狄斯点点头。他当然知道!他知道这是一条满是车辙的道路,往上走可以经过石灰窑再到乔克兰。"嗯,他上去之后就转向了。"

"你能描述这个人吗?'

"戴圆顶硬礼帽。"锡德马上说。

"还有别的吗?"

"有,脸色阴郁。"

"留胡须,是吗?他穿了什么衣服?"

"不太好说,夜里太黑了,看不到太多东西。"

"有没有什么痕迹显示他有可能受过伤,锡德?"

"没有。"

"确定吗?"

"是的。"

"你觉得那时是几点?"

"大约1点。"锡德脱口而出。他应付反复盘问都有经验了。

"如果之后需要的话,你是否愿意签字声明所述属实?"

"如果您认为这有帮助,我可以。"

"好。"梅瑞狄斯站起来,瞥了一眼牢房。"在这里还好吗,锡德?"

"我知道比这更糟糕的地方。"

"好,那就这样。谢谢。"

"走运,走运,真是太走运了。"梅瑞狄斯回到警察局时,心里不停地念叨着。开始侦查案件以来,他终于走运了。那两个人的路线重叠,他们在那段路上相遇,一定是奇迹般的巧合。但那对证据没有影响。锡德的描述与"载货马车"酒吧老板汤姆·比金斯的描述大部分都能吻合。毫无疑问,从溪岸小屋出发的那个人与转道去乔克兰的是同一个人,那人后来又谋杀了可怜的威廉·罗瑟。他出发的时间刚刚好,但他一定是在路上停下过一根烟的时间。

梅瑞狄斯立刻返回总局,走向福里斯特少校的办公室。可惜,局长外出了,要到午餐后才回来。梅瑞狄斯只好抑制住心中的烦躁,把自己关在办公室里,开始记笔记。记完之后,他平静下来,开始做一项个人日常工作,他在进行特别复杂的调查时总会要求自己这样,快速审查从案件开始以来与案件相关的所有文档记录,再将尚待阐明的所有要点进行分类。半小时后,他草拟了这样一份清单:

本案尚待查明的要点

①有人在西斯伯里环形山下发现沾有血迹的希尔曼轿车，为什么在此事发生一周前珍妮特·罗瑟与约翰·罗瑟拎着手提箱在草坪上见面？

②为什么在石灰中只有骨头、有约翰名字的圆片以及皮带扣，而没发现纽扣、袖扣或背带裤纽扣？

③是谁从利特尔汉普顿发出了伪造的电报？

④穿斗篷的人是谁？

⑤约翰·罗瑟是在哪里，用什么方式被分尸的？

⑥谁将肢解的尸体丢进了石灰窑？珍妮特·罗瑟所说的烧日记是否属实？

⑦是谁杀了约翰和威廉·罗瑟？动机为何？

⑧是谁打出了假供认状并伪装是威廉·罗瑟自己所为？

⑨约翰·罗瑟的头骨在哪里？

⑩为什么约翰·罗瑟要伪装成博物学家杰里米·里德在布兰贝尔度过数个周末？

把所有要点一一列明之后，梅瑞狄斯总算是满意了，他决定在午餐后与福里斯特少校讨论这份清单。如果两个人把案件的所有线索放在显微镜下，往往会在证据链中建立新的联系。

回到阿伦德尔路,吃着冷牛肉和沙拉的时候,托尼故作天真地询问父亲:

"爸爸,您见过斯利珀里·锡德了吗?"

"可能是吧。"梅瑞狄斯狡诈一笑。

"哦,拜托啦,爸爸,您得说实话。他告诉了您一些有用的事情,对吧?"

"说实话,托尼,他确实说了很多。"

"我就知道他会的。"托尼欢呼着摸了摸口袋,拿出一张皱巴巴的小册子交给了父亲。

"这又是什么鬼?"

"我之前谈过的那些收音机的插图目录。我想您可能会感兴趣,"托尼狡猾地说着,又补了一句,"尤其是这个时候。"

"这种坚持倒是值得某种奖励,嗯?你今天什么时候下班?六点钟?好。如果我不出外勤,就6:10在格林商店外见吧。记得别迟到。"

"不用担心,爸爸。"托尼咧嘴一笑。"妈妈,能给我再来一片牛肉吗?"

"你很不错啊。"福里斯特少校在梅瑞狄斯走进他的办公室时大声说着。"刚读完你留在我桌上的这份报告。做得很好,啊?有进展——什么?坐下说。抽烟吗?好。

那我们现在到底要从哪里开始说？"

梅瑞狄斯将调查列表放在局长面前。

"如果您同意，局长，就从问题①开始。"

福里斯特少校拿起纸，迅速看了一眼。

"嗯？这是什么？哦，我明白了。重点问题的目录。行，梅瑞狄斯，那就按你的建议处理。首先——'为什么珍妮特·罗瑟要见约翰·罗瑟……？'嗯，那为什么呢？"

"说不清，局长。在整个案件中，我一直困惑于这位女孩与她大伯哥之间的关系。巴尼特认为约翰一门心思爱着珍妮特，而那个女孩只是在演戏。后来我问她为什么去窑炉时，她也表达过同样的意思，说自己只是为了好玩。但如果真是这样，她冒着风险深夜外出与他见面这件事就很奇怪了。"

"你问过她吗？"

"问过，她否认曾在晚上见过他。"

"证人可靠吗？"

"非常可靠。"

"所以我们真的没有问题①的答案吗？好。问题②——'为什么没有纽扣，袖扣……'啊，是的。梅瑞狄斯，这很奇怪。我记得我们之前曾讨论这点，但没有多少进展。我想，衣服*被*扔进窑里应该是必须的吧？"

"我想是的。"梅瑞狄斯缓缓地说。"您知道衣服上一定有血迹，而这家伙不想到处乱放类似的证据。"

"确实。对他来说，最好的办法似乎就是把衣服扔到窑中烧毁。重点是他似乎没有这样做。你的下属彻底地搜查了石灰，是吗？"

"每一粒都筛过了。"

"呃！"局长摸了摸下巴，沉思了一会儿，随后说，"梅瑞狄斯，我想你知道，在他解剖尸体之前，他必须脱下死者的衣服吧？你一定知道。那么，假设凶手出于某种原因决定不烧衣服，那么他在丘陵长途跋涉时，可以随身携带吗？"

梅瑞狄斯拍了拍他的大腿。

"我的天啊！公文包！我想到过他的包里可能有橡胶垫和外科手术锯。但我没想到过那些衣服，是的，他可以把那些衣服都装进去。"

"搬运工温布尔在布兰贝尔看到他时，他是不是随身携带了一只公文包？"

"不，是一只手提箱。温布尔这么说的。我之前认为他把乔装成杰里米·里德要用的那套衣服装在箱子里，藏在了斯泰宁上面的丘陵里。公文包也许在手提箱里。"

"很有可能。无论如何，我建议你去找找罗瑟的衣服。我们先假设衣服没有被烧吧，这些衣服可能埋在了溪岸小屋的花园中。好，问题③，来：'是谁发出了假电报？'"

"当然是穿斗篷的人。"梅瑞狄斯立刻回答。"我们在威廉的尸体上发现的那份假供认状中明确提到了这份电报。现在我们假设穿斗篷的人写了供认状。那么，也一定是他发送了电报，或者是他指使人发送了电报，否则他对电报应当一无所知。"

"论证完毕，"局长咧嘴笑了，"我们可以接受。问题④。梅瑞狄斯，棘手的问题是，'穿斗篷的人是谁？'"

"这点先跳过，局长。目前还不知道。"

"我也一样，好吧。问题⑤。'约翰·罗瑟是在哪里，用什么方式被分尸的？'我想你还会坚持以前的解释，认为分尸是在西斯伯里山下那些灌木丛中，放在一块大橡胶垫或防水油布上用外科手术刀或手术锯进行的？"梅瑞狄斯点头。"然后这些尸块被包裹在垫子里，穿斗篷的人开罗瑟的车到乔克兰，之后把尸体藏进一只金属衬里的行李箱，可能最后放在了汽车检查地槽里？"

"就是这样，局长。"

"有什么理由导致你的想法改变吗？"

"没有，局长，暂时没有。"

"问题⑥，"福里斯特少校继续说，'谁将肢解的尸体扔进了石灰窑？珍妮特·罗瑟……'等等。嗯？"

"哦，肯定是罗瑟太太做了那部分工作，"梅瑞狄斯做出了判断，"她这次离境证明了她或多或少是有罪的。她鞋子上的石灰粉尘表明在约翰被谋杀后的一周内她曾多次前往窑炉。她的解释是因为农舍位于石灰石山上。但我在那儿进行调查时发现，我的鞋尖上从未出现过石灰粉尘，只有鞋边沾了一圈石灰。不，我认为这个惨案中是她的同伙留下了她，让她完成了这一可怕的行动。"

"那么，"福里斯特少校说，"我们就到了本案的核心——也是你的主要问题：'是谁杀了约翰和威廉·罗瑟？动机为何？'在我看来——如果你要回答这一问题，就得能回答其他所有问题。"

"不一定，局长。"梅瑞狄斯客气地点明。"很有可能在无法证实案件的某个间接事实的情况下，*知道*谁实施了谋杀。本案就是个例子。我认为有理由假定同一个人实施了这两起谋杀。那份伪造的供认状包含了太多我们在第一次谋杀案中*发现*的细节，我们不难想到，关于约翰的死，将文件放在威廉口袋里的那个人即使知道的不比我们多，至少也和我们一样。我们所有的证据都表明穿斗篷的人实施了这两起谋杀。但想要通过证明他符合与这两起案件有关的某些特征来证实这一主张就十分困难了。这些问题中仍然有一半无法回答，甚至连理论都无法推进。您明白我的意思吗，局长？"

听到梅瑞狄斯着重说明，局长不禁低声笑了。

"呵，我们应该让你去警察厅演讲。'刑事侦查的问题与原则'这标题怎么样？但是我懂你的意思，梅瑞狄斯。下一个关于伪造供认状的问题更能说明你的意思。即使我们肯定穿斗篷的人谋杀了威廉，我们仍然必须证明是他把这个供认状塞到了死者的口袋里。你认为是他吗？"

梅瑞狄斯点点头。

"除非是珍妮特·罗瑟，我还有点疑虑。我的想法是，我们假设受害者收到了前来赴约的纸条，凶手在将受害者扔出石灰岩悬崖之前先搜查了受害者的口袋，看他身上是否携带了这一纸条。他很可能戴着手套取出了这张纸条，将其换为了供认状。当然，我不能*证明*这一点。现在仍然只是纯粹的假设。"

"确实。那你现在对约翰·罗瑟头骨的下落有什么猜想了吗？这是你列表上的下一个问题。"

"没有，局长。这是绝对无法解决的问题之一。我完全不知道那头骨在哪里。我已经提出了推论来解释他为什么不将头骨与身体的其他部分一起扔进窑炉。"

"那就剩你的最后一个问题了——'为什么约翰·罗瑟在布兰贝尔度过数个周末？'现在这个问题清楚一点了吗？"

梅瑞狄斯承认说，"哦，我没有理由放弃勒索理论。我仍然认为穿斗篷的人完全了解约翰对珍妮特的行为并扬言要告诉威廉。罗瑟太太甚至可能一直在密谋引诱约翰，从而让他受制于穿斗篷的人。毕竟，那两个无赖是为了钱。珍妮特想继承遗产，就必须处理掉约翰和威廉，所以他们都被谋财害命了。像这样唯利是图的两人会想到勒索是很自然的事。"

局长点头表示同意，点燃烟斗，向后靠在椅子上，良久凝视着缓缓升腾的袅袅烟气。梅瑞狄斯深谙上司的习性，知道这老头子正在思考，还是不要打断为好。突然，局长从沉思中回过神，猛地挺直身子，将烟斗对准梅瑞狄斯，好像烟斗是一把自动手枪一样。

"你有没有这样想过？"他突然说道。"杀害约翰的凶手是不是从未真正打算杀死威廉？我也是在分析这些问题时忽然想到的。我倾向于这样推理，穿斗篷的人谋杀了约翰，随后设法把嫌疑推到威廉身上。你记得在调查的早期阶段自己多么确信威廉就是凶手吧？首先是来自利特尔汉普顿那封假电报。凶手很清楚威廉会出发去看望他姑妈。他大致可以预料威廉离开利特尔汉普顿的时间，再砸碎仪表板的时钟，让指针停在一个合理的时间——也考虑了威廉的行动时间。他在芬登附近实施了谋杀，因为他知道威廉在从利特尔汉普顿返程时一定会在那个村庄附近经过。时间地点衡量得非常巧妙，因为这样威廉就可以在9:55轻松到达西斯伯里山下，正好是时钟停止的时间。

"为了进一步加大威廉提供不在场证明的难度,在威廉不在的时候,珍妮特·罗瑟走上了丘陵,至少是离开了乔克兰。她声称自己在10:15回到了农舍,而那时威廉不在乔克兰。换句话说,她知道穿斗篷的人会砸碎时钟,让其停在9:55,所以她出门是想让威廉的动作在我们眼中显得更加可疑。即便威廉在10:15之前返回,他也无法让珍妮特为他证明,因为她恰好不在。那就只剩下凯特·阿宾沃思的话了。一位上了年纪、情绪激动的妇女,在盘问中只有任由一位聪明的律师摆布了。也就这样了。

"动机很明显。约翰让弟媳和弟弟的感情疏远了。穿斗篷的人知道我们不久就可以发现那些八卦。为了将谋杀的焦点带回乔克兰,必须将肢解的尸体放入窑炉焚烧。珍妮特这时就派上了用场。可以说,只要我们知道威廉房屋附近有人企图销毁尸体,我们自然就会怀疑威廉是凶手。这让我想到另一个非常有趣的地方,在关于纽扣和袖扣的问题上,假如衣服没有通过窑炉,那么会怎样呢?必须要证实遗体的身份,那么,凶手要做什么?只要让珍妮特将带有约翰姓名的圆片和约翰的皮带连同身体的某些部分一起放入窑中就好。他们非常清楚,一旦有人发现骨头,这些物品也会被发现。

"就哥哥约翰的死而言,能够进一步加大威廉嫌疑的,就是他那约翰遗产唯一继承人的身份。可惜,穿斗篷的人低估了警察的智慧,结果威廉没有被捕。这让他们想要攫取钱财的目标陷入了窘境。意识到警察不准备逮捕威廉之后,凶手决定亲自进行这项工作。即便那样,他也没有放弃,这点在那份伪造的供认状中表露得清楚无疑。他仍然希望上演一出自杀来蒙蔽我们的双眼,这显然是因为威廉知道他受到了警方的怀疑。老实说,梅瑞狄斯,如果威廉不给奥尔德斯·巴尼特写那张纸条,那第二招*可能*就见效了。那张纸条是真凶那锅汤里的老鼠屎,可能让凶手受到绞刑。这就是我的推论。你不必采纳,但我认为这值得认真分析。"

第十七章

谜案高潮

日后回顾罗瑟案时,梅瑞狄斯始终认为,和老头子这次特别的交谈是他调查的转折点。从那一刻起,迎来的都是"主线进展",有了新证据和意外线索,此前谜题中互无关联的细枝末节,好像忽然间不费吹灰之力就建立了联系。

如梅瑞狄斯之后所说,"整个案子似乎都迎刃而解了"。

局长那套威廉没有背上杀害兄长的罪名从而遇害的理论也让他印象深刻。这套理论很大程度上解释了第一次谋杀的复杂处理方式——在一个地方实施袭击,而在另一个地方销毁尸体等。但在与福里斯特少校的对话中,梅瑞狄斯主要采纳的是一条颇有见地的假设,即约翰·罗瑟的衣服并未随尸体一起被烧毁。他决定细细搜查溪岸小屋花园和外屋的每一寸地方。

"霍金斯，"第二天一早，梅瑞狄斯说，"今天早上我们要去一个从未去过的地方。"

"哪里，警司？"霍金斯急切地问。

"布兰贝尔。"梅瑞狄斯咧嘴一笑。

霍金斯骂了句脏话，爬上那辆深蓝色汽车的驾驶座，一位警员在后座上放了几把铁锹和一个筛子。很快他们视野里就没有了房屋，他们穿过乡村，秋日即将来临，沿途景致已经染上了第一抹棕色与赤褐色。雨已经停了，在这样一个早晨，无风的炎热就注定了这一整天都要骄阳似火。

到达溪岸小屋后，他们就开始工作。

"我们先去花园，霍金斯。只挖那种看起来好像最近被翻过的土，其他的不用管。所以先到处看看，明白吗？"

虽然他们在这个凌乱的小花园中发现了零星几处可疑的松土，但是他们的挖掘工作却没有半点收获。经过一个小时的艰苦劳动，梅瑞狄斯确信花园里没有证物，便将兴趣转移到了外屋。外屋主要是砖瓦结构的棚子，可以用来存放煤炭和木材，或用来悬挂打理花园的工具。这个特别的地方铺着地砖，没有窗户，空气潮湿又闷热。梅瑞狄斯借着从敞开的大门透进来的光线仔细检查了这里。屋子里杂乱无章，有麻袋、有旧报纸，还有一堆烂土豆、一两个福特纳姆与曼森公司的破装货箱、几十个花盆和一台生锈的割草机。

按照上司的指示,霍金斯把除那堆土豆外能挪动的东西都清理到了院子里,露出一片空地。梅瑞狄斯半跪在地上,扫视了每一寸砖头。一切似乎都井井有条,但霍金斯把那堆土豆铲到另一个角落后,梅瑞狄斯却偶然发现了端倪。虽然那堆土豆下的砖块沾满了灰尘和沙土,梅瑞狄斯还是注意到了一些砖块曾经被撬开,之后又被巧妙地装回了原位。他用削笔刀撬动了其中一块之后,很快就撬起了附近好几块没有粘牢的砖。

"喂!喂!"他立刻惊呼起来。"看我们在这里发现了什么,老弟。砖头下的土刚被翻过。这里,拿铁锹给我。快!"

霍金斯同样很兴奋,他一把抓起铁锹就递给了警司。梅瑞狄斯小心翼翼地挖了起来。铁锹几乎立刻就碰到了肯定不是普通土壤的东西。

"稳住,警司!"霍金斯突然说着,又跪了下来。"我可以看到什么东西的一角露了出来,像是某种布料。"他伸手向前捏住,小心翼翼地开始往外拉。这个东西一点点从紧实的土壤中露出来,最后完全露出了真面目。"天哪!警司,是外套,罗瑟的外套。这件外套与我们在希尔曼车旁发现的粗花呢帽是一套。"

"你说得对!"梅瑞狄斯大声说着,拿起这捆东西,在阳光下看起来。"一眼看去,有背心、灯笼裤、长筒袜和外套。"

在梅瑞狄斯拆开紧紧卷着的这一捆东西时,霍金斯满怀希望地问,"有血迹吗?"

"血迹?不,我认为没有——"他突然停下来。"啊,吓我一跳!"

霍金斯上前。

"怎么了,警司?"

"这是,"梅瑞狄斯说着,从衣服中央拿出一个东西,"以前见过类似的东西吗?"

"头骨!"霍金斯尖叫道,这是他在职业生涯中经历过的最恐怖的事情之一。"那失踪的头骨!"

"约翰·罗瑟的头骨。"梅瑞狄斯补充说。"老布伦金斯搭建的骨架中最重要的东西,对吗?"说完,他的表情突然变了,"但这到底是?"

"怎么了吗,警司?"

"该死,有问题。头骨上没有头发,没有肉,也没有腐烂的痕迹,为什么?"

霍金斯猜测说,"也许凶手先把它推到了火里。别忘了,我们在炉膛中发现过烧火残留的痕迹。"

梅瑞狄斯说,"不可能。骨头上没有被烧过的迹象。

这个头骨的表面甚至还被抛光过。还有另一件事，霍金斯。为什么在罗瑟被袭击的地方我们连一丁点碎骨都找不到？"他在阳光下慢慢地转动了头骨。"它几乎完好无损，不是吗？少了几颗牙齿，但没有任何碎裂的迹象。我总觉得这个特殊的头骨有些奇怪——虽然我们还没有意识到哪儿不对劲儿。"

"我们大概最好拿给那位老教授看看？"

"我会的，霍金斯。我们立即到沃辛去。路上我还可以翻翻这套衣服的口袋。"

但是，除了品牌标签，再没有什么可以确定衣服的标识了。梅瑞狄斯还记得那顶带有血迹的帽子与这件衣服的颜色和材料的确相配。他只要简单看下帽子就能确认。衣服上也有血迹吗？他一点点地翻找着。有——左袖口周围有黑褐色的一块。仅此而已。感觉也很奇怪。这些证物需要进一步的解释。

布伦金斯教授很高兴再次见到警司。他热情地欢迎了梅瑞狄斯，坚持要和他喝一杯，又带他走进书房，硬塞给他一支雪茄。

"您现在可别告诉我又发现了另一副骨头，警司。那可有点过于刺激了。我想我为您做过的其他小工作都还不错，虽然基本但是实用。这次是哪阵风把您刮来了？"

梅瑞狄斯打开背心，拿出头骨举了起来。

"这个,先生。"

教授戴上眼镜,认真审视着这件证物。

随后他喃喃地说,"有趣极了,有趣极了。简直是个完整的头骨,完好无损,警司,我想问……"

梅瑞狄斯简要地解释了他在溪岸小屋的棚屋中发现头骨的经过,他还认为这块头骨是约翰·罗瑟的。

布伦金斯教授摇了摇头。

"哦,亲爱的,不,"他强烈反驳道,"这不可能是罗瑟先生的头骨。您告诉过我,他的头部遭受了严重击打。我们应该能看到这种迹象,不是吗?肯定能。但是这个头骨非常完美,您一定弄错了。"

"我也宁愿自己弄错了,"梅瑞狄斯冷冷地说,"虽然我也不能解释这个差异。"

教授犹豫着把头骨在手里转来转去,反复检查,不自觉地嘟囔着,"不,不,不是的。"沉默良久之后,他又突然开口,"我问一下,您有罗瑟先生的照片吗?"

很幸运,梅瑞狄斯在钱包里带了一张。他静静地交给了教授。紧接着又是良久的沉默。

教授终于开口了,"这真是最不寻常的事情!警司,虽然我不想让您失望,但我必须得向您指出,这根本不是罗瑟先生的头骨。绝对不是。当然,这是最有趣的地方,也是您最烦恼的地方。"

"但这一定是!"梅瑞狄斯大喊。"我们所有的证据都指向这一事实。您为什么这么确定?"

"请看看照片。注意罗瑟先生的下巴。有点方但不是特别突出,对吧?再看看头骨上的下巴。这就是我们所谓的下颚突出。两者形状完全不同。另外,如果这是罗瑟先生的近照,您会发现他看上去牙齿很整齐。头骨上的牙齿就一般,非常一般,甚至可以说是很乱,需要看牙医的那种。很抱歉让您的期望破灭了,警司,但事实不容否认。"

"那您认为这个头骨属于您搭建的骨架吗?"

"啊,确定这一点还是很容易的,亲爱的朋友。"教授站起来,按了铃。几秒钟后,他那年迈的严肃管家出现了。"啊,哈丽雅特,请从衣橱里拿出我那副精美的小骨架。你知道我放在哪里的。"

"好的,先生。"哈丽雅特一副平静的语气,仿佛一生中大部分时间都花在从衣橱中搬骨架上了。

几分钟后,这位面无表情的女士抱着那无头的可怕家伙回来了,把它靠在自己浆硬的围裙上,一脸冷漠,对背后骇人听闻的事件毫不关心。

"灰真不少,"在她把可怕的重物扔在扶手椅上时,她刻薄地说着,"先生,肋骨间都能看见蜘蛛网了。"

"这样就行,哈丽雅特。"教授淡定地说着,强势地一挥手示意她退下。然而,门一关上,他就急切地从椅子上站起来,拿起头骨,走到半躺着的骨架旁。然后,他就像尝试戴帽子一样,熟练地将头骨放在骨架的肩膀上。两块骨头的截面完美吻合。

"您看,现在毫无疑问了。警司,我敢说,最令人不安的是现在我不得不指出,骷髅并不属于罗瑟先生!确实很费解,但是事实如此。"

"好吧,我会——"梅瑞狄斯开始说道。

"确实,确实啊。我明白您很失望。我还能做些什么吗?"

梅瑞狄斯站起来摇了摇头。他刚刚完全呆住了,甚至忘了感谢教授的酒。他从哪里开始偏离正轨的?这如果不是罗瑟的骨架,那究竟是*谁*的呢?为什么将头骨包裹在几乎可以肯定属于罗瑟的灯笼裤套装中?头骨如此干净光滑,那上面的肉又是如何从骨骼上去除的呢?在短短的8周之内,肉是不可能完全腐烂的。

在早晨剩余的时间、午餐期间还有整个下午的大部分时间里,他都在思考这些问题。他发现粗花呢帽与灯笼裤套装的材质完全匹配。他认为这是这套衣服*确实*属于约翰·罗瑟的有力证据。他与局长讨论了此事,重新检查了与案件有关的所有证物和文件。他通读了口供,提出了新理论,又在分析后抛弃了这些理论。他骂骂咧咧地抽烟,循环往复，最后带着绝望的心情回家用他的晚茶。案件会结束吗？这会是他职业生涯中的一次重大失败吗？与这起案件的凌乱不堪和错综复杂相比，在湖区的工作简直易如反掌。整个该死的案子让他烦透了！

当天夜里，他恍然大悟地大叫了一声，轻轻拍了拍妻子的肩膀，安抚妻子被吵醒的怒火。

"我知道了，亲爱的！我知道了！我知道20号在西斯伯里山下发生的一切了。天哪，我真是瞎了眼了……"

"知道什么了？"妻子怒气冲冲地说。

"罗瑟案的答案。"梅瑞狄斯得意扬扬地欢呼着，准备接受妻子的祝贺。

"哦，那个呀。"她冷冷地说完，迅速翻过身，再次入睡。

但是第二天早饭后，她就把自己的冷漠丢开了。她在大厅给梅瑞狄斯递了帽子，掸掉了他制服上的灰尘，甚至都没反抗梅瑞狄斯把她抱在怀里热烈亲吻。

"特别棒，是吧？"丈夫问道。

"是不错，"梅瑞狄斯太太咕哝道，"而且你就是在等我这么说。好吧，你太走运了，你这个傻小子，如果不回家，也记得在别处好好吃午餐。"

但是在那难忘的一天，梅瑞狄斯完全把午餐和晚茶抛到了脑后，除了他沉迷的工作，一切都被忘到九霄云外了。他倒也在"钱克顿盾徽"酒吧里匆匆喝了一杯,大约四点半又和华盛顿的牧师一起喝了茶。他从奥尔德斯·巴尼特那里拿到了钥匙,之后前往乔克兰,用一张牛皮纸包走了一张大照片。紧接着,他命令霍金斯排干警车的汽油箱,再加满9升汽油,之后先开车将他从乔克兰带到利特尔汉普顿,再从利特尔汉普顿出发,沿着海岸线前进,经过戈灵到达沃辛,最后沿着塔灵到达芬登和宾丁小道。到那之后,霍金斯按照梅瑞狄斯的指示从油箱抽出剩余的汽油,用备用油箱重新装满汽油返回总局。霍金斯返回之后,梅瑞狄斯重复了之前的工作,测量了从油箱中排出的汽油,并借助巴塞洛缪的地图进行了一些计算。完成之后,他虽然疲惫不堪,但非常满意,便回到了阿伦德尔路享用起了晚饭。

然而,他还没吃完晚饭,电话铃就响了。警察局值班人员通知他说警察厅的人要与他紧急对话。怀揣着满心的期待,梅瑞狄斯忘记了自己的疲倦,再次前往总局,接听了警督莱格的电话。

"啊,您来了,很抱歉就这么把您叫出来,但我收到了紧急消息。您此前问话的大胡子男士今天下午在多佛被捕,他当时试图逃走。他只说他叫杰克·伦肖,给了伦敦一家旅馆的地址,拒绝做出其他任何陈述。当然,我们警告过他,多佛的警员们今晚会按照上级的指示将他带到这里。您能坐火车前来确定他的身份吗?最好也带一名警员,因为如果他是您要抓的人,您就得把他带回刘易斯。好吗?"

"稍等。"梅瑞狄斯说着,抽出了南部铁路时间表放在面前,随后又说:"好的,没问题。我会在今晚10:30左右到达。可能要在那边过夜,明天回来。"

"我会安排的。您认为这案子要结案了吗?"

"我不是认为,"梅瑞狄斯满意地笑了,"而是*确定*!"

他匆匆返回家中,收拾了行李,向妻子解释了一下情况,又赶忙跑向车站,在发车前一分钟冲上了火车。旅途中他睡得像木头一样,但当火车一驶入维多利亚车站,他就像往常一样迅速跑出去,招呼了一辆出租车,让司机带他去警察厅。莱格正在前厅等着他。

"够准时的,"莱格咧开嘴笑了,"像您这样的郡级警官没几个这么追求效率。要不要先溜出去喝一杯,还是您想马上见伦肖先生?我们动作快点的话还有时间。"

"不了,"梅瑞狄斯坚定地说,"业务至上,闲时放松,这是我的原则。莱格,您忘了这可能是我这两个月调查的高潮时刻!也是最重要的消息!您一定猜得出来我有多激动。那个家伙在哪里?"

莱格回答:"我马上叫人把他押送过来,上司把办公室借我了,我们这些可怜人没有自己的办公室,坐在屋子里像是用胳膊肘踢足球联赛一样，简直是莫大的耻辱。您试没试过和其他警察一起写一份报告抱怨一下？我向您保证，绝对有用。到了，您这边请。"

一名警员奉命押送杰克·伦肖先生从拘留所到汉考克警司的办公室。

"要烟吗？"莱格问。"这是上司的，但完全不妨碍我可以推荐给别人。"

梅瑞狄斯拿了一根，在他拿出火柴点烟时，他惊讶地发现自己的手抖得像枯叶一样。这很大程度上是因为接下来几分钟要发生的事情。有人在敲门。梅瑞狄斯开始紧张起来。

"进来。"莱格大声说。

两个警员押着一个男子进来，他身材矮壮，留着深色胡子，左手腕上缠着绷带。身着深色西服，立领衬衫，戴着圆顶硬礼帽，正如"载货马车"酒吧老板比金斯所见的样子。然而，进入明亮的房间时，伦肖本能地抬起手脱下帽子，然后向前迈开步伐，带着怀疑的表情扫视了梅瑞狄斯和莱格。

"您想见我吗？"他用一种有教养的声音问。"您召我来的吗？"

"我是一名警察，正在调查威廉·罗瑟先生的谋杀案。我只想问您一两个问题。坐下吧？"

这名男子微微点头表示感谢，默默地走到椅边坐下，而莱格则稍稍抬手让警员退下。梅瑞狄斯移到桌前，人向后靠，光线越过他的肩膀，伦肖的相貌特征一览无余。

"要烟吗？"

"谢谢。"

"火柴呢？"梅瑞狄斯给他递了个火。

"谢谢。"

莱格走来走去，最后站在了伦肖和房门之间。

"好，"梅瑞狄斯开始说，"我不绕圈子了。您不一定要回答我的问题，但想必也不用我来告诉您老实回答对您有好处。我只想和您确认一两样东西，您以前可能见过。如果您愿意坦白最好，但是我必须警告您，您说的任何内容都会被记下作为证据。"梅瑞狄斯突然弯腰打开手提箱。他拿出沾有血迹的粗花呢帽。"伦肖先生，见过吗？"那人摇了摇头。"没有？很好。那这个呢？"梅瑞狄斯在警司的办公桌上慢慢铺开灯笼裤套装的三样东西。"见过这些吗？"

"没有。"

"确定？"

"相当……确定。"那个大胡子男人结结巴巴地说着，用力搓了搓下巴。"我仍然完全不知道为什么被拘留，有人说我与威廉·罗瑟的谋杀案有关。我是一个受人尊敬的公民，我不明白……"

"很好。"梅瑞狄斯冷笑一声。随后他停了一会儿，"听说过溪岸小屋吗？"他突然说，"或者杰里米·里德？好吧，伦肖先生，您在犹豫什么？听说过这些吗？来吧！您有话没说，不是吗？"

"不……当然没有。"伦肖先生结结巴巴地说。"我的意思是，"他勉强挤出一丝笑容，"我当然从未听说过这些。"

"以前从未见过这个，是吗？"梅瑞狄斯大声说着，把手伸进手提箱，举起头骨。"来吧！回答我！以前见过这个吗？"

"我……没有……"这位大胡子男人声音颤抖着说。"我……没有……也许……"

"您以前见过这个吗？没见过？说谎没有好处，伦肖。我们知道太多了。来——说出来！是时候说出真相了。"

突然，那个矮胖的家伙卸下了所有的防备。他耸着肩，眼睛盯着地板，回避着梅瑞狄斯坚定不移的目光。他的脸颊失去了先前红润的颜色。他只是弯着腰，揉搓着圆顶硬礼帽，起初一言不发。

随后，他断断续续地小声说，"天哪！"他回过神来，吓得目瞪口呆。"您是怎么发现的？我以为我很安全。天哪,您是怎么发现的?"

梅瑞狄斯微微一笑。

"还不够吗?"

"而且您知道……我是谁?"那位大胡子的人用颤抖的声音问道。

梅瑞狄斯突然转向督察。

"莱格,您知道吗?"

"好吧,他说他叫杰克·伦肖,但我更愿意相信那只是假名。"

梅瑞狄斯点点头。

"对了。就是。就像杰里米·里德也是一个假名一样。"

莱格上前,困惑地盯着梅瑞狄斯。"天哪,但是,我以为您已经查出杰里米·里德就是……"

"就是约翰·福斯戴克·罗瑟。"梅瑞狄斯总结道。"您说得对,莱格。您看……"

梅瑞狄斯故意把句子拖长。

他瞥了一眼伦肖。那人慢慢地点点头。

"您看,"他哽咽地低语,"*我就是约翰·福斯戴克·罗瑟。*"

第十八章

案情重现

"事实上,"奥尔德斯·巴尼特说,"梅瑞狄斯,您已经向我透露了关于此案的不少情况,但老实说,我仍然不胜惊讶。毕竟我创作侦探故事时,无论情节多么复杂,我都幸运地和凶手掌握同样多的情报。而即便如此,我还是很容易在小细节上犯错,让侦探利用他并没发现的一些线索。但是,您是从零开始,每一步都得证明自己的正确性,需要测试各种推论,并在可能的情况下证实所有证据。您是怎么做到的?"

约翰·罗瑟被捕引起了一片哗然,不久之后,梅瑞狄斯迎来了第一个下午假期,在巴尼特的邀请下,梅瑞狄斯就利用这段时间向这位侦探小说作家介绍了自己破案的细节。现在,这两人就在利奇波草坪上一棵硕大的栗树下支起折叠躺椅,让树荫为他们遮挡阳光,手边也放好了冷饮。

局长告诉梅瑞狄斯,"你的信心会赢得他的尊重。我和巴尼特认识多年了,他渴望深入了解案情,他们这些人对美其名曰的'摹本'内容心心念念,他又为你提供了很多帮助,所以让他得知你的一点职业秘密也算公平。"

因此,梅瑞狄斯到达利奇波时,已经做了充分的准备,打算详细介绍罗瑟案的每个细节。巴尼特衷心的钦佩更是让他受宠若惊。

"您是怎么做到的?"巴尼特问。

梅瑞狄斯哈哈大笑。

"您让我们的工作听起来比实际轰动、复杂得多。但我们的工作至少有70%完全是常规性的,如果有必要,我们将与各方警力合作。我认为,每个人能贡献的是自己的耐心和常识,加上训练有素的洞察力。以本案为例……"

巴尼特伸了伸他的长腿,骨瘦如柴的身体深深地陷入椅中,默默地从胸前口袋中摸出一个笔记本。

"这就是我想要做的。我想从头到尾地听一听您的系列推理。您愿意把整个案件在我面前展开吗?"

"如果您不觉得厌烦的话。"梅瑞狄斯面带微笑地说。

"厌烦!我亲爱的兄弟,我的一大兴趣就是研究案件。对我来说,这是一次天赐良机,让我可以全面了解真实的谋杀案调查,了解从案发到逮捕真凶的全过程。您尽管说,让我做做笔记。也许只要改动一下名字和细节,我就可以把这个案子改编成小说。您自己也说过这可能写出一个精妙的好故事。"

"好。那我从哪里说起呢?"

"7月20日,"巴尼特毫不犹豫地回答,"那是整个案件的开端,不是吗?"

"很好,那就从7月20日,约翰·罗瑟前往哈勒赫的那天说起。但在我们分析实际案件之前,我认为有必要厘清这出悲剧中3个主要人物,也就是约翰、威廉和珍妮特·罗瑟的关系。巴尼特先生,从某种角度来说,在我们讨论这个问题的时候您判断错了。您认为虽然约翰深深地爱上了珍妮特,但她并没有回应。就我个人而言,我认为她爱约翰胜过约翰爱她。她的确嫁给了威廉,但她从未真心爱过他。如果不是家庭经济状况迫使他们搬回乔克兰,他俩可能还合得来。我敢说如果他们夫妻有自己独立的住宅,就能避免这出悲剧。不幸的是,他们只能与约翰住在一起,这人和弟弟相比占有绝对优势,且从各个方面来说都对女性有强烈的吸引力。

"在约翰出发,或者说假装出发去哈勒赫时,这个家庭的悲剧走向了高潮。摆脱威廉的阴谋早就开始策划了,不是几周前才开始,而是18个月以来的密谋。他们为了实现这一目标,连最微小的细节都规划好了,这个计划需要珍妮特和约翰联手完成。

"该计划的一个必要因素是给约翰打造无懈可击的不在场证明。在西斯伯里那桩所谓的谋杀案之后,他必须消失到某个自己出现后不会引起任何注意的地方。因此,他才购入溪岸小屋,玩起了伪装杰里米·里德的把戏。想必您也同意,在离他家门口几公里的范围内打造这种不在场证明简直是天才之举。一方面,他在西斯伯里导演了那出谋杀之后必须尽快到达藏身之处,另一方面,他周末没有时间外出远行。大概在去年1月,他首次出现在了布兰贝尔,巧妙地暗示他是个对蝴蝶感兴趣的奇怪隐士。在我看来,他的伪装过于夸张,但对那些易受骗的村民似乎很奏效。这位老人的到来在当地人记忆中的停留也没超过七天,在我去那里调查时,人们对他的兴趣已大不如前。他们接受了他是个怪人的事实,就把这事儿抛之脑后了。当然,这是由于约翰的高超布局,在他的计划付诸实施之前,他早早地让布兰贝尔的居民知道了杰里米·里德。

"现在说回7月20日,当晚约翰离开乔克兰时,他本人和他弟媳都心知肚明。她很清楚他不会去哈勒赫,也知道那是他安排好的失踪日期。奇怪的是,他们最初的方案不包括谋杀威廉。那是只有在方案一出现问题时,才会实施的方案二。

"简言之,他们的想法是这样的——约翰要搭好舞台，让现场看起来像是他在宾丁小道的那个偏僻的地方被袭击杀害。这样安排一桩伪造的谋杀案，好让嫌疑自然地落在威廉身上。他们当然希望在自己不动手的情况下能用法律判威廉死罪。说实话，我也一度确信威廉有罪，所有细节都指向这一事实。唯一的问题是，恰恰是在'谋杀'案之后，一个牧羊人在猎犬橡树农场附近看见一个穿斗篷戴宽檐帽的男人朝丘陵走去。这需要解释。在我们确定这个陌生人的身份之前，我们无法逮捕威廉。尽管如此，但在得知有人发现威廉死在悬崖下之前，我们确实已经决定签发逮捕令了。

"在我讲述*真正*的谋杀案之前，我会先讲述20日发生事件的细节。巴尼特先生，因为时间因素在每次案件调查都十分重要，如果您想真正全面地了解本案的奥秘，我建议您仔细记录我提到的各个时间。约翰在6:15离开乔克兰，6:45到达利特尔汉普顿，6:50进入邮局，向乔克兰发送了以下电报：*您姑妈因意外受重伤，请速来利特尔汉普顿总医院——韦克菲尔德*。他狡猾地把电报发给了自己，但他很清楚，因为他在假装去哈勒赫的路上，威廉一定会代替他打开电报。

"这封电报在7:15到达了乔克兰，威廉于7:25出发前往利特尔汉普顿。7:30过后不久，他在芬登的克拉克汽修厂停下来给他的莫里斯汽车加油。克拉克看见他走了利特尔汉普顿路。这段时间里，约翰·罗瑟从戈灵到了沃辛。后来我猜测他走了这条路线，我能够提供相应的证据是因为在西沃辛有位农民注意到约翰·罗瑟坐在车里。

"如约翰所料，威廉8点刚过就到了利特尔汉普顿，他先去了医院，又去找韦克菲尔德医生，之后去了姑姑的公寓。9点刚过，他便出发返回乔克兰。尽管约翰已经精密计划，以便使自己可以在这个环节避免出现相当大的误差，但这仍是他唯一无法确定的时间点。根据我的推断，大约在同一时间，约翰离开沃辛，前往芬登和宾丁小道，在9:30之前的某个时候到达了西斯伯里。我们知道，在9点后不久，芬登邮递员在村外见到了他。威廉在盘问中说，他在同一时间或大约15分钟后到达了乔克兰。但是，无论他什么时候离开利特尔汉普顿，两辆车都不会相遇。如您所知，利特尔汉普顿公路在村庄的北部连入芬登，而约翰则从南部过来，在到达利特尔汉普顿岔路口前驶入了宾丁小道。另外，威廉无法否认自己曾在案件计划发生的时间出现在芬登附近，*即所谓的案发现场*。"

梅瑞狄斯停下来痛饮一口苹果酒之后继续说，"现在，我来讲讲西斯伯里山下*真正*发生的事情。"

"啊！"奥尔德斯·巴尼特呼了一口气，在打开的笔记本上紧紧握住铅笔。"好极了。"

"一切真的都很简单。约翰把车停在金雀花丛中，砸碎风挡玻璃，打碎仪表盘玻璃，把时钟停在9:55。他认为我们够聪明，会发现那个时钟，如果希望我们怀疑威廉的话，这是必不可少的线索。我的意思是，如果把谋杀案安排在第二天早上6点发生，那么在前一天晚上让威廉经过芬登就毫无意义了。在约翰的计划中，至关重要的是我们应该注意那个时钟。然而事实上我差点忽略了这一点。他差点高估了我们的智慧，是吧？"梅瑞狄斯轻声笑着，接着说：

"血迹很容易制造。约翰在左前臂上深深地划破了一块伤口，把血滴到了车中内饰、踏板和粗花呢帽上。然后，他把帽子扔到离汽车几米远的地方，让它看起来就像因为挣扎掉下来的一样。他手腕上绑了绷带，但伤口显然愈合得不好，因为他在8月10日晚上出发谋杀威廉时仍然绑着绷带。两名证人都注意到了那条绷带。

"约翰在车上放了一只公文包，里面装了一件长长的黑斗篷和一顶宽檐黑帽。他穿上这些衣服，取道猎犬橡树农场，到达了斯泰宁上方的丘陵，随后把伪装成杰里米·里德的那套行头藏在了那里。可惜，一个名叫里德尔的牧羊人恰巧目睹他以那身打扮穿过树林。他当时大声喊叫，但约翰并没有蠢到要停下来在这个不速之客身上打发时间。他在山上扔掉了斗篷和帽子，发现有些血已经透过绷带渗入斗篷，便决定将其掩埋在欧洲蕨下。后来，斯泰宁的一个孩子发现了这帽子和斗篷,她的父亲就通知了警察。随后,罗瑟脱下灯笼裤套装,换上了杰里米·里德的伪装行头,又戴上了墨镜。也许在半夜这么做很愚蠢,但他不能冒险,一旦被认出,他嫁祸威廉的整个计划都会功亏一篑。毕竟,没有人被谋杀,就制造不了谋杀案!

"约翰把灯笼裤套装和他从希尔曼轿车里拿出的公文包一起放在行李箱中。随后,他从山上下来,走到布兰贝尔,被搬运工温布尔看到,时间刚好在午夜过后不久。在接下来的3周里,罗瑟一直使用溪岸小屋作为躲藏处,他早就从福特纳姆与曼森公司订购了大量的食物。为了加深小屋无人居住的印象,他还拉下百叶窗,关闭了所有的窗户,锁上门,从附近一家恰好待售的房屋中偷了一块公告牌。我想,在花园里竖起这块牌子后,他一定感到非常安全,认为不会受到任何打扰。而且他知道,如果真有人向中介咨询有关该房产的信息,中介一定会说溪岸小屋没有记录在册。这就是20日发生的事情。

"现在我们要说到整个案件中最令人困惑的元素——那些骨头了。您看,罗瑟并不满足于让人发现带有血迹的汽车——他想把'谋杀案'引到离威廉家门口更近的地方。对案件进行调查并定性谋杀对他的计划至关重要,尽管调查有可能在没有发现尸体的情况下进行,但这种情况极其少见。于是约翰开始尽力想办法……他提供了尸体!

正是这点让我很愤怒。在调查近两个月之后,我才开始怀疑骨头不是约翰·罗瑟的。在和您先前的对话中,您偶然的一句话让我第一次产生了这个想法。"

"我吗?我不记得我说过……"

"哦,您现在可能已经忘记了。"梅瑞狄斯插了一句。"但幸运的是,我在当天工作的书面报告中提到了您的这句话。威廉去世后的第二天,我们简单地讨论了罗瑟一家,而您碰巧提到人们认为约翰·罗瑟与他的曾祖父珀西瓦尔·罗瑟爵士相貌极为相似,他是家中最后一位被埋葬在家族墓室中的长辈。您也提到这位老人的画像挂在乔克兰客厅里。

"我们在溪岸小屋发现罗瑟的四件套中包裹的失踪头骨时,我开始产生怀疑了。布伦金斯教授指出,这不可能是约翰·罗瑟的头骨,他还提到,该头骨的下颚突出。所以第二天,如果您还记得的话,我来找您借了乔克兰的钥匙,去看了那张画像。好吧,简言之,虽然珀西瓦尔爵士的身材与他的曾孙完全相似,但他*生前*下颚突出。这信息对我来说足够了!我开车到牧师住宅,向牧师解释了事情的经过之后,牧师允许我查看罗瑟家族的墓室。如我所料,珀西瓦尔爵士的尸骨不见了!"

"天啊!"巴尼特颤抖着惊呼,"好可怕的主意!"

"是的,迷恋一个女人对男人的驱动力真是令人好奇。无论如何，谜团的这一部分算是查清了。随后，我回想起凯特·阿宾沃思的证言，她提到了约翰和珍妮特在那场所谓的谋杀案发生前一周在乔克兰的草坪上那次奇怪的会面。珍妮特一直提着手提箱。为什么？是因为他们在某个地方一起过夜吗？完全不是。因为他们要去教堂收集可怜的珀西瓦尔爵士的尸骨。

"我现在认为约翰切断了骨架，将其全部塞入手提箱中藏了起来，在他有机会自由活动的时间又使用手术锯进行了切割。将骨头切成小块是约翰的几个极为机智的举动之一。这暗示我们有人尝试将尸体丢进窑炉来避人耳目。石灰中那些大块的骨骼会暗示凶手的粗心大意。约翰的计划中满是这些让人能感知真相的蛛丝马迹。例如，他长途旅行之前清空油箱的习惯可以让他确定希尔曼汽车每升汽油的行驶里程。在他出发假装前往哈勒赫旅行时，他全力凸显了这一确凿的细节。实际上，在那种情况下，这对我的调查大有助益，因为我能从他油箱的余量中推断出罗瑟到达宾丁小道之前已经行驶了48公里。因此，在我怀疑是他从利特尔汉普顿发出电报，而且他会继续前往沃辛来避免路遇威廉时，我能够进行测试，最终才较为成功地还原了他在20日的行驶路线。

"但是，就骨头而言，这种可恶的算计确实加强了威廉的嫌疑。窑炉的使用也非常巧妙，因为我们会自然地将窑炉与威廉联系起来。至于骨头被偷运到窑里,毫无疑问是珍妮特做的。我敢说,在20日之前骨头就已被切成小块藏在了珍妮特的房间里。而由于下颚突出而必须藏起的头骨可能在20日之前被留在了溪岸小屋,甚至可能就和斗篷与宽檐帽一起藏在那个公文包里。珍妮特唯一要做的就是每天晚上溜出门,在窑内撒入一些骨头,用一层煤和石灰覆盖,每天重复,直到处理完整个骨架。

"而且,还有个关键点约翰也没有放过。仅靠骸骨很难识别受害者,何况在这种情况下,只有烧焦的骨头。所以罗瑟做了什么?让珍妮特把他一直戴在身上的能够识别他身份的圆片,和他有着特别设计的扣环皮带一起扔进窑里。可惜在这一环中,他的算计并没有做到位——他忘记了一般的凶手还会处理受害者的衣服,所以在我们来寻找纽扣、袖扣而毫无收获的时候,我们回到溪岸小屋,意外找到了那套衣服,还偶然发现了头骨!这就是对骨头系列线索的分析。现在我们来看看真正的谋杀案。您确定我说的话不会让您感觉厌烦吗,先生?"

"恰恰相反,"巴尼特向他保证道,"您的故事让我着迷。我已经在绞尽脑汁寻找合适的场景来安放这个剧情了。这是个一流的悲剧故事,梅瑞狄斯,要我说,这简直是天赐的故事,特别是情节!"

"如我所说,"梅瑞狄斯同意道,"没什么比现实更稀奇古怪。您的一大难题将会是如何让读者*相信*您的故事。这故事天马行空，但又真实存在。"梅瑞狄斯惬意地舒展了身体，又喝了一杯，重新点燃烟斗，继续说道："来，让我们分析一下威廉·罗瑟的死。您当然知道8月10日他在悬崖脚下被发现的情况。您也出席了聆讯，所以我就跳过您已知的部分了。

"有一件事我始终很困惑——约翰怎么知道威廉未被逮捕的？他藏身溪岸小屋的时候，并没有人送报纸。也没有珍妮特·罗瑟的来信，原因很简单，在大家眼中7月20日后约翰已经死了。但这两人必须以某种方式保持联系，珍妮特一定要让他知道我的调查进展。在我看来，唯一可行的方法是让珍妮特白天乘公共汽车去布兰贝尔，在预先安排好的地点藏一张纸条，而约翰在午夜外出获取这些非常必要的信息。虽然只是猜测，但约翰肯定在8月10日前几天搞清了案件调查的动向。

"我从未怀疑过对威廉实施谋杀的计划是几天内想出的。正如我之前所说，如果我们没有逮捕威廉，将要实施的计划可能早就与方案一同时制定好了。放入死者口袋里的假供认状很可能至少在使用前一年就草拟好了。

"方案二的主要部分是把威廉的死伪装成自杀。例如有意将悬崖上方的防护网剪断，把钳子留在附近，警察一定会发现这些。约翰认为，如果方案一顺利进行，那么警察一定会将威廉列入嫌疑人名单。他知道他弟弟生性容易过度紧张。威廉害怕最终会降临到他身上的事情,就想到了偿命自杀,这多自然啊!大家都知道威廉有强烈摆脱约翰的理由,我们也立刻意识到了这一点。同样,我们也能够清楚了解他想要自杀的原因。

"可惜,约翰在导演这场悲剧时犯了几个小错误。他过于谨慎了。在他打印那封假供认状时,小心翼翼,不愿留下任何指纹,显然,他采取了戴手套的预防措施。珍妮特将供认状放在威廉的口袋里时,同样采取了这一措施,结果让我们偶然发现了一个奇怪而可疑的事实,即信纸和信封上根本没有任何指纹!此外,威廉躺在悬崖底时,他太阳穴上的伤口朝上,但是医学证据明确表明他不可能自行翻身。正是这一点——您可能也记得——暗示我,威廉在跌下悬崖之*前*已经受了伤。其他的证据您在聆讯时听到过了。

"现在可以重构谋杀案的经过了。当然,我针对罗瑟的所有证据都是间接证据。陪审团会判断他是否确实按照我即将描述的方式杀死了他弟弟。

"至少我们知道,约翰·罗瑟于8月10日晚上骑着自行车从溪岸小屋出发。'载货马车'酒吧老板比金斯看到他骑上了自行车。约翰再次进行了伪装。他在3个星期的躲藏期间蓄了胡子,当晚他穿着体面的黑西装,戴着圆顶硬礼帽。我想他是特意选择这身装扮，好在谋杀后直接逃向伦敦。毕竟这身打扮在伦敦穿行不太引人注意。他从主路转向经由窑炉到达乔克兰的马车道时又被人看见了。我怀疑他把自行车藏在了灌木丛中，步行到了与威廉会面的地方。

"我偶然找到了一张便条，知道了他到底是怎么安排这次命运性会面的，这张便条是在逮捕约翰·罗瑟后从他身上搜出的钱包中找到的。您可能会认为这很粗心，但也可以理解。如果犯罪后没有立即遭到逮捕或受到怀疑，犯罪分子很容易陷入虚妄的安全感之中。其实我这会儿就带着那张便条，或许您想看看？堪称犯罪博物馆货真价实的藏品吧？您怎么想，巴尼特先生？"

巴尼特微笑着伸手接过便条，注意到信封上的地址是打印的。

"您能解读一下这个邮戳吗？"他像一个专家咨询另一个领域的专家一样询问梅瑞狄斯。

"可以，这是伦敦的邮戳。我恰好从凯特·阿宾沃思那里了解到珍妮特在威廉去世前几天去了伦敦。这就是我们所说的重要事实！"

巴尼特低声笑着。

"什么都逃不过您的法眼，是吧？谢天谢地，我还没有想过要实施谋杀。"他从皱巴巴的信封中小心地取出了一张打印的便条。他读道：

如果您想知道谁谋杀了您哥哥，我可以给您确切的信息，帮助您抓到真凶。不要向警察提起这封信。我将在8月10日凌晨2点在高梅多与您会面，只能您一人赴约，也不要提起我对破案的作用。

"措辞的确非常巧妙。"奥尔德斯·巴尼特在将便条交还给警司时表示。"如果我是威廉，我很确定我一定会前去赴约。"

"完全如此。"梅瑞狄斯沉默了一会儿，之后安静地问："注意到那个便条有什么特别之处了吗？还是我应该说特点？"

"特点？我没太注意。"

"您还记得那天晚上您带着威廉寄给您的便条来阿伦德尔路找我吗？"巴尼特点点头。"好，后来我们讨论了那个打字稿。我解释了如何识别文件是否打印自同一台机器，在大多数情况下，又如何识别文件是否由同一个人打印。"

"我完全记得这点。正是这些知识让您鉴别出那份供认状是伪造的。"

"对，那以后我得知了更多信息，也是罗瑟的要害。

巴尼特先生，这是乔克兰的便携式雷明顿打出的便条，敲击键盘的方式与供认状的非常相似。奇怪的是，虽然我从未得到过约翰打字的样例，但现在我开始认为他不仅打了这张便条，还打出了供认状。我们现在正全力追踪约翰·罗瑟发送给他们的一位石灰客户的业务信函，如果那封信函具有与本便条和供认状相似的字体特征……好吧，我想我们就完全抓住了他的弱点！我想，约翰在假装出发踏上哈勒赫之旅前已经销毁了所有他打字的样本。可惜他还是在那张便条上大意了，对吧？"

"那么威廉到底是怎么被谋杀的呢？"梅瑞狄斯承认道，"目前仅是假设。我认为约翰用了火石。伤口的类型完全暗示了这一点。之后，他将尸体拖到悬崖的边缘抛出，从而让尸体悬空，从高处坠落。"

两人沉默良久，只有勤劳的蜜蜂发出让人昏昏欲睡的嗡嗡声，麻雀在栗树凉爽的树枝上懒洋洋地鸣叫。巴尼特猛然俯身向前，突然问：

"他会被处以绞刑吗？"

"也许吧。"梅瑞狄斯不确定地耸了耸肩。"判案这部分不归我管：我只是尽可能清楚地向公诉人展示证据，其余就交给大律师和陪审团了。证人往往不可靠。他们就像一些板球队一样，往往是纸上谈兵！我经常在法庭上看到控方证人变成了辩方核心证人，或者辩方证人变成控方核心证人。本案中很可能会发生这种情况。"

"那么珍妮特·罗瑟呢?"

"我不确定我们能否找到她。我们一直与欧洲警察保持联系,但他们显然无能为力。为时已晚了。不,就像我儿子托尼说的,她'鱼游入海'。换句话说,撇得干干净净。"

"您觉得遗憾吗?"

梅瑞狄斯的烟斗柄碰了碰下巴。

"得,先生,您给我出了一道难题。根据规定,警探应当像床柱那般坚实可靠。只是依照我的经验,四平八稳的国家机器永远培养不出德才兼备的警探。巴尼特先生,您看,犯罪与人性的软弱、贪婪和痛苦息息相关,在调查中,每一处都与人性相关。作为报纸上说的'法律的工具',我应该说罗瑟太太的逃逸是一场灾难。可是有时候法律会与人性发生冲突,如果抛开警察的身份……好吧,这是她的幸运!每个人一生中都有误入歧途的时刻,我想她只是比大多数人走得更远些罢了!"

第十九章

谜案开端

奥尔德斯·巴尼特拿出笔开始写道：

如果天气晴朗，人们从华盛顿教区的各处几乎都能看到巨型山毛榉构成的一个椭圆环形，那是高耸于萨塞克斯丘陵地区的钱克顿伯里环，也是我们的故事拉开序幕的地方。华盛顿教区只是个平凡无奇的村庄……

完

图书在版编目（CIP）数据

萨塞克斯谜案 /（英）约翰·布德著；陶叶茂译. — 北京：中国青年出版社，2021.5

书名原文：*The Sussex Downs Murder*

ISBN 978-7-5153-6403-2

Ⅰ.①萨… Ⅱ.①约… ②陶… Ⅲ.①侦探小说—英国—现代 Ⅳ.①I561.45

中国版本图书馆CIP数据核字（2021）第095497号

北京市版权局著作权合同登记号
图字：01-2019-2474
This edition published 2015 by
The British Library
96 Euston Road
London NW1 2DB
© The British Library Board

责任编辑：彭岩　刘晓宇
＊
中国青年出版社 出版　发行
社址：北京东四十二条21号　邮政编码：100708
网址：http://www.cyp.com.cn
编辑部电话：（010）57350407　门市部电话：（010）57350370
北京中科印刷有限公司印刷　新华书店经销
＊
889×1194　1/32　8.875印张　140千字
2021年6月北京第1版　2021年6月北京第1次印刷
定价：42.00元

本书如有印装质量问题，请凭购书发票与质检部联系调换
联系电话：（010）57350337